云帆当代诗词年鉴五年选

2019—2023

主　编　方　伟

副主编　李　静　盖涵生　蒋世鸿

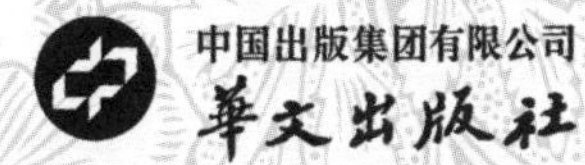

图书在版编目（CIP）数据

云帆当代诗词年鉴五年选．2019—2023 / 方伟主编．北京 ：华文出版社，2024．7．-- ISBN 978-7-5075-5976-7

Ⅰ．I227

中国国家版本馆 CIP 数据核字第 20249V8S15 号

云帆当代诗词年鉴五年选

主　　编：方　伟
责任编辑：吴文娟
出版发行：华文出版社
地　　址：北京市西城区广安门外大街 305 号 8 区 2 号楼
电　　话：总 编 室 010-58336239　发 行 部 010-58336267
责任编辑 010-58336192
邮政编码：100055
网　　址：http://www.hwcbs.cn
经　　销：新华书店
印　　刷：江西赣版印务有限公司
开　　本：889mm × 1194mm　1/32
印　　张：9
字　　数：120 千字
版　　次：2024 年 7 月第 1 版
印　　次：2024 年 7 月第 1 次印刷
标准书号：ISBN 978-7-5075-5976-7
定　　价：78.00 元

总序

PANDECT

在中国诗歌史上，流传最广、最为人们所喜爱的，非唐诗莫属。唐诗的广为人知和广泛普及，得益于唐诗的各种流行选本，尤其要归功于清人蘅塘退士的选本《唐诗三百首》。

“三百首”这个数字兼书名，起始于中国第一部诗歌总集《诗三百》。《诗三百》，原本叫《诗》，汉朝起被奉为《诗经》。《唐诗三百首》使“三百首”在《诗三百》的基础上得到强化，从而具备了经典的意义。自此以后，诗集封面上含有“三百首”字样的选本究竟出版了多少种，恐怕已经不计其数了。“三百首”起初就不是一个准确数字；中国诗歌的历史传承，让“三百首”成为一个固定的汉语词汇，如同诗词本身一样令人喜爱。

正因如此，摆在读者面前的六册诗词选集，照例也被定名为“三百首”。不同的是，这是“当代三百首”；不是一本，而是一个系列。这就是:《当代绝句三百首》《当代五律三百首》 《当代七律三百首》《当代词曲三百首》和《当代古风三百首》，加上《云帆当代诗词年鉴五年选》，我不妨称之为“云帆六选本”。

云帆，即云帆诗友会，是一个诗词微刊平台，创办八年来，践行初心，始终如一，致力于推介和传播诗词精品，在广大诗友中树立了良好声誉，在中华诗词界产生了较大影响，被中华诗词学会授予“活跃诗词公众号”称号。去年中秋节，云帆的编审、编委齐聚广东惠州，决定编选出版“云帆六选本”。我得知后深感欣慰。

之所以如此，是因为当代诗词的发展到了需要选本的时候，而“云帆六选本”适应了这种需要。我们知道，中华诗词，作为中国古典诗歌，曾经被全盘否定，改革开放后中华诗词迈开了复兴的步伐，进入新时代则更是不断繁荣兴盛：近千万人的庞大作者队伍、每天数以十万计的新增作品、成千上万的纸刊微刊，是她繁盛的重要标志。然而，绝大多数作品只在诗词圈内传播，而且数量多得连诗人们也目不暇接。社会的一般印象是，现在没什么好诗词。实际上，当今好诗词不少，只是诗词界推动普及的是古代诗词，没有推介当今好诗词。这就是中华诗词学会为什么提出“把创作筛选推介诗词精品作为诗词工作的重点”、把 2024—2025 年确定为“中华诗词精品年”的原因之所在。“云帆六选本”在此时问世，应是恰逢其时。

既然效仿清人选唐诗，我们筛选当今诗词，就要确保筛选出来的是优秀诗词。“云帆六选本”的编选目标即在于此。为了实现这个目标，他们采取的措施是:“云帆六选本”的编选者不是一个人，而是一个团队；先确定每个选本的主编，实行主编负责制，由主编确定副主编和编委，建立编选工作微信群；接着广开稿源，采取“作者自荐、诗友互荐、云帆平台历年优秀作品存稿、定向约稿”的“四管齐下”路径；编选范围以活跃于当今诗坛之中青年作者为主，部分年岁较长者以2000年仍然在世为上限；坚持艺术性、时代性、思想性、多元性相统一的编选标准——在艺术性上，立足于语言鲜活、格调典雅、情感真实诸角度，选出令人眼前一亮、过目不忘的作品；再从境界、情操、趣味、语言、形象、音韵、结构、技法、创意十个维度，优选意在言外、余韵远致的佳作，存入待定箱。在时代性上，他们从待定箱里优选内容有时代面目，既反映当下生活，又在艺术手法上做到视角、题材、语境“三新”的作品。在思想性上，他们在艺术性、时代性双过审的作品里，优选有思想深度，能够给人“心头一颤”的作品。在多元性上，他们不拘风格和流派，兼收并蓄，对诗不对人。他们还制定了规范的选诗流程。

读到“云帆六选本”的这些构思和设计，我感到赞赏，期待这些措施都能不折不扣地体现在这套选本里。我尤其赞赏“艺术性、时代性、思想性、多元性相统一”的编选标准和“对诗不对人”的编选态度。我在不同场合突出强调过，在艺术性、思想性都具备的前提下，有没有时代性就成为评价一首诗是不是好诗的第一要素，而不能“把当今诗词放在唐宋诗词中看不出是谁写的就是好诗”作为评价标准。“像”唐宋诗词，如同书法中的“临摹”；临摹就是临摹，不是创作。对此，我希望越来越多的诗词作者、读者、评论者、教书育人者、报刊编辑者，都能养成这种理念。当今好诗词，一定是用新时代眼光、写新时代事物、创新时代意境的具有艺术性和思想性的作品！

当然，所谓当今“好诗词”（即本序前面提到的“诗词精品”），是一个相对性极强的概念，是一定时期、一定范围内相比较而言的诗词作品，因此都不可避免的存在局限性，“云帆六选本”亦不例外，期待读者的宝贵意见。我们提倡一种诗词报刊、一个诗词团体、一个地区，都来做选编本报刊、本团体、本地区好诗词的工作，以求全面形成创作筛选推介诗词精品的新时代文风。最终，只有那些经得起实践检验、人民检验、历史检验的诗词作品，即历史说“好”、实践说“好”、人民说“好”的诗词作品，才是真正的好诗词！

今年年底，中华诗词学会编选的《当代诗词三百首》亦将问世。读者可以从中华诗词学会选本与“云帆六选本”的对比阅读中，加深对什么是好诗词的认识。

向“云帆六选本”的诗词作者、编选者、资助者和广大读者表示衷心的感谢！

周文彰

2024 年 7 月 10 日于北戴河

前言

PREFACE

云帆诗友会成立八周年之际，其创办人曹初阳先生，欲对云帆诗友五年来的创作成果予以总结和展示，决定出版六本书，将其中《云帆当代诗词年鉴五年选2019—2023》的编辑任务委托于我。我深感荣幸的同时，也深感压力，自度独立不能完成如此艰巨的任务，乃请衡山李静、上海盖涵生、光山蒋世鸿共襄盛举。

我们拟定一个宗旨，即唯质是取，优中选优，体现公平，突出大家。为什么要“突出大家”呢？因为《唐诗三百首》像李白、杜甫等，数量相对较多，这样就能够更好凸显这个时代诗词的高峰。当然，遴选诗词，也自然贯穿编辑者们的诗学主张。我们也拟定“几个不选”，即不符合传统格律的不选，不符合诗词雅言特征的不选，四平八稳不见出彩的不选等。最终，在数百诗友上万首诗作里面，遴选了219位诗友的550首佳作，作为《云帆当代诗词年鉴五年选2019—2023》的成书内容。

在编辑过程中，我们如入宝山，目不暇接，虽然累，但心生欢喜。熊东遨先生曾对我说：“当代文赋，无可与古人比肩者，然而诗词实有”，我曾不信，今遍观云帆五年来众诗友之佳作，确实觉得“江山代有才人出”，虽不敢说就能比肩古人，但也能体现我们这个时代的诗词高度。兹举例说明之。

譬如云帆老总曹初阳这首《登鸣沙山》：

悬梯百丈我来量，肩比峰高五尺长。
满目山书金世界，一天云写玉文章。
沙声元自无今古，秋色何曾管盛亡。
隐隐驼铃传岭外，今宵谁梦汉时光。

首联点题，颔联写景，境象阔大，颈联怀古，简洁深沉，尾联余音袅袅，令人怀思不尽。

譬如黑眼睛的《离家五百里》：

行役经年岁，游子今始归。去时花灼灼，来时雪霏霏。故园日以近，中心日以悲。吉他久已弊，缁尘染素衣。离家五百里，铁轨何逶迤。离家四百里，北风漠漠吹。离家三百里，旷野行人稀。离家两百里，穷巷在山陲。离家一百里，慈母应倚扉。

“离家五百里”“离家四百里”“离家三百里”“离家两百里”“离家一百里”，一步一步迫近，把游子归乡那种急迫心情展露无遗，唐诗中也少见这样的表达，真汉乐府之遗响，堪称当代奇诗。

同一主题的，还有方贤文的绝句《归乡途中见两山间留一缝视野突然开阔》：

林蔽峰高客路长，驱车似箭费眸量。
群山挤出一条缝，先放归人望故乡。

活泼的语句，拟人的表达，这样写归人，前人未之见。

这次选稿，发现一个叫郭定乾的诗友，经过初选，仍有20首作品到我面前，反复品鉴，居然都不舍得删去，最终限于篇幅，还是删去了一大半，十分惋惜。我们且看他一首《太白祠撞钟》的绝句：

诗仙祠里罢豪吟，敛尽门前弄斧心。
只向铜钟留一撞，西风残照满唐音。

在太白祠里，诗也不敢写了，斧也不敢弄了，铜钟一撞，唐音满耳。赞扬李白，可谓极致。

还有本书的编辑李静的一首久负盛名的《春阶》：

伞放新花随雨开，风掀衣袂脚沾苔。
春阶千叠如琴键，又把流光弹一回。

这首诗没有什么微言大义，词句简单，意思也简单，但就是觉得美！它是一首春的咏叹调，借助春雨的和弦，借助石阶的琴键，响彻整个春天，响彻整个当代的诗坛，相信也会传之久远。

好诗太多，这样一首一首的举例，会无限拉长我这序言的篇幅，姑且浓缩一下，只剪取一些闪闪发光的句子来由一斑窥全豹：陈思明《儿子伦敦留学机场送别》：“此时不作叮咛语，为怕飞机负重多。”陈晓敏《荠菜花》：“风中捧出如星朵，报答春光是荠花。”李荣聪《闻尤儿自美飞新加坡》：“天路颠连第几层，孤飞星汉夜如冰。过中国看舷窗外，云下巴山有一灯。”李浩然《寄星宇浩桐》：“片纸虽轻常载恨，一生最远是归途。”杨立新《雪》：“今日江南多喜事，家家迎娶雪夫人。”《枫叶》：“红尘我亦飘零客，暂替秋风管一年。”《超山梅花》：“何时手握梅花印，盖遍江南大小山。”还有曾艳梅的《过惠州海湾大桥》：“信是天龙化作桥，将身横卧接遥迢。晓昏湾岛星河灿，一例车潮压浪潮。”宏大展示现代生活气息。好诗好句太多太多，所举只吉光片羽而已。

上面列举的，应该是我认为比较好的诗作了，能否和唐人比肩呢？我觉得最好不要比，也没法比。诗词的高度，有很多

诗外因素，不是诗人所能决定的。譬如整个时代的学问基础，社会风貌，个人追求，语言环境，全社会的参与度和对诗人、诗作的认可度，所以，我只能这么说：莫分甲乙，各领风骚。

当代的诗人们，已经很幸运很幸运的了！我们欣逢几千年来难得的太平盛世，国力强大，物质丰富，政治清明，人民安乐，盛世之音安以乐，本书收录的诗作，足证盛世吉祥。

再回到"突出大家"这个话题。本书突出的大家，就是熊东邀先生。东邀先生不仅是一个诗词作家，也是诗词理论家和诗词教育家，在当代诗坛有着不可替代的影响力。还是限于篇幅，本书发其大作20首，比之《唐诗三百首》之李白、杜甫。又因为是云帆五周年年鉴，其早期的佳作，如"鱼龙伴我归江海，鹿马由人指庙堂""总为墙高出杏难""少数英雄驱虎豹，多数英雄驱狗"这样脍炙人口的佳作锦句都没能入选，同样，周燕婷女史"何处飘来五色云，昨夜星辰，今夜星辰""看我横鞭阅汉兵"的佳作，也没能出现在本书中。这是我们一个时代的记忆，没能收录，很遗憾！还有更大的遗憾是：《诗三百》《汉乐府》《玉台新咏》《全唐诗》，都是面向全国选诗，本书则限定云帆诗友，很多很多优秀的诗人、诗作，因为不在其中，故而无法收录本书中。出书，是遗憾的艺术，那么我们就留下一点遗憾吧！

另外，由于本编辑组尤其是我本人的学识有限，水平有限，眼光有限，很多优秀作品未能入选，敬请见谅！

濯缨轩主人方伟
2024年2月28日

目录

CONTENTS

◎ 安全东

汪家湾花海记游

格桑花映野晴湾，随意游将胜小闲。
万古涛声频入耳，一痕青送隔江山。

日　落

日落群山影象沉，紫蓝天幕入幽深。
疏灯如豆分明见，抑是人间未死心。

长兴观孙权射虎亭

日月无常势，江山重此亭。
我来欲脱帽，回首万峰青。
射虎三分国，鏖兵一怒争。
寒泉犹不倦，幽咽话曾经。

注：传三国孙权任阳羡（今宜兴）长时，曾射虎于此。

庚子山中得句

避疫山中颇自居，一春意绪得宽余。
交游都尽随湖海，光景相乘忆始初。
多梦桃花风使便，趁闲沙觜鹭相于。
水乡良夜天如水，三五星钉近可挐。

三月杨花白

辛丑4月4日清明节，云南省昆明市嵩明县106岁高龄的老妈妈李东连奔波400公里，时隔四十一年，在麻栗坡烈士陵园看望她长眠于此的儿子——李加友烈士。老人对着儿子照片那无限深情的一吻令人泪如泉涌不能自已。

正月杨花无，天地尚模糊。二月杨花秀，正值春雨后。三月杨花白，风吹满头雪。满头雪，说不得，嵩明老妪年逾百，逾百何堪吊儿魂，眼如空亡泪如血。此来奔走一千里，初来麻栗看儿子。不见儿子见墓碑，阴阳隔断生与死。死者不言生者痛，人生悲慨何如此。当时不知儿殉身，既知可奈囊无币。四十一年每梦萦，长夜吞声唤儿起。儿不能起母已老，看儿心愿何时已。春风又度人间世，今日终得成一祭。足不能行人且扶，墓前幽咽痛何如。手摩碑面又儿面，儿在墓中看不见。口吻碑面复儿面，无声血泪飞如霰。清明日是断肠日，

忍听杜鹃声声唤。李加友，李加友，母来看汝汝知否，母来祭汝母无酒。李加友，李加友，母之容颜汝记否，母之身形渐枯朽。恨不与儿同就木，天为长兮地为久。青山有恨埋忠骨，万物何忍成刍狗。别时白头头椎墓，复捧一抔墓前土。墓前土，土种花，儿若归时好认家。正月杨花无，天地尚模糊。二月杨花秀，正值春雨后。三月杨花白，风吹满头雪。

柳梢青

水国波明，山乡梅放，谱入春声。欲逗新莺，难寻旧燕，一抹遥青。

暖风自解娉婷，游冶处、云开雾晴。画舸双双，田歌袅袅，好梦初成。

◎ 巴晓芳

越王勾践剑歌

湖北省博物馆镇馆之宝越王勾践剑独占一室，光芒四射，展馆资料详介宝剑出土、辨认经过，越剑入楚原因，前世今生种种故事激荡人心，因为之歌。

五霸七雄屈指数，八百余年谁翘楚。风云故事久沉埋，时闻古物出黄土。楼陈馆列尽珍稀，荆楚风物何迷离。郧骨曾钟睡虎简，唯有此剑最传奇。剑阵戟丛自非常，匣中一拔放寒光。琉璃宝石镶高贵，菱形纹饰掩锋芒。尘拂千年杀气在，落刃廿层断纸张。名剑问是何人佩，八字鸟篆费猜详。海内鸿儒多高见，考史辩文识勾践。如何越剑出楚乡，当时吴越剑精炼。欧子炉巧越石精，莫邪干将领群英。鱼肠初溅吴王血，洪炉尽铸越王兵。相国范蠡运筹妙，聘来越女传剑道。三千越甲三千剑，一曲吴歌一丘草。十年生聚快恩仇，几回拄剑登虎丘。嫁女楚昭结亲眷，剑入嫁妆写春秋。越雨朝飞云梦泽，楚风暮过稽山头。后世子孙轻盟约，顿教剑刃又血流。越剑楚戈尽锋利，楚军终夺越军气。怀王一指向东南，无疆无复疆场计。城池土地归新主，何论玉帛与兵器。剑竖降旗献楚师，章华台上供赏赐。历经兵火淬刃锋，哪堪喋血萧墙中。敢借卧薪尝胆手，得助将军建奇功。功成归来剑不去，生死依依伴英雄。

纵是入匣埋荒冢，犹令龙光射星空。光芒两千年后在，致使今人心澎湃。兵工文史久琢磨，四海争相睹风采。为纪邦交到扶桑，庆贺回归赴香江。曾慰台胞隔海念，星洲遗恨补亡羊。国宝珍藏当紧要，坐镇楚天展瑰宝。千倍显微洞毫发，究问光芒何不老。越地楚乡多仿真，萃精摹形火传薪。唯愿灵骨照影骨，侠风剑气取精神。馆贮民藏珍古雅，赠剑传谊埋剑深。唯有大侠最知剑：雪耻之精复兴魂。

◎ 白秀萍

是夜答夫

枕边夫问我，永远有多长？
我说前方路，一生陪你量。

◎ 曹初阳

己亥秋日九寨沟采风

金秋之九寨，铁马挟云奔。
万瀑凉归袖，孤峰翠到根。
无名花作态，有骨雪留痕。
坐领清风意，归来许共论。

酒泉天宝奇石博览园

采得千山色，移来太古痕。
作波凝海气，布雨涤云根。
道味崖前见，人情石上存。
元非浮世绘，岂意在寒温。

己亥秋游锦绣谷

携朋游绣谷，秋气未萧森。
岩菊香争发，山枫色半深。
行经非觉险，回望自惊心。
远雁知人意，频添话外音。

登鸣沙山

悬梯百丈我来量，肩比峰高五尺长。
满目山书金世界，一天云写玉文章。
沙声元自无今古，秋色何曾管盛亡。
隐隐驼铃传岭外，今宵谁梦汉时光。

偕孟公半隐庐访大足兼呈曹劲

清风万里引征车，来访巴东旧友家。
一笑肥腰阳后长，相嗟雪鬓镜前加。
题诗夫子春秋笔，劝酒昌州姊妹花。
话到深宵杯盏尽，奈何明日各天涯。

大足宝顶山石刻

宝顶擎天气不凡，披霞九转扣仙岩。
汉家故事云边隐，西域农桑壁上嵌。
谁解满山儒释道，自怜半世苦酸咸。
林苔似解游人意，分染春痕上薄衫。

癸卯二月廿二日游潼南花海

鎏金泼眼叠田田，万件龙袍上客肩。
春棹卷舒黄锦里，铁车行止碧云边。
寻香岂必争疏密，忧世无须论后先。
信是花神谙两会，朝天一例举成拳。

己亥春分日吴兄野鹤招饮于海口火山口某农庄，归后寄谢

客地诗朋共一斟，好风还似故人临。
参天椰树青如海，夹道梅花红到心。
竹下飞泉曾识面，云间苍石是知音。
鸣蝉信在邀酬唱，佳句凭君取次寻。

◎ 曹国祥

村 翁

老至伤春暮，鬓毛期再青。
当年多少事，说与夕阳听。

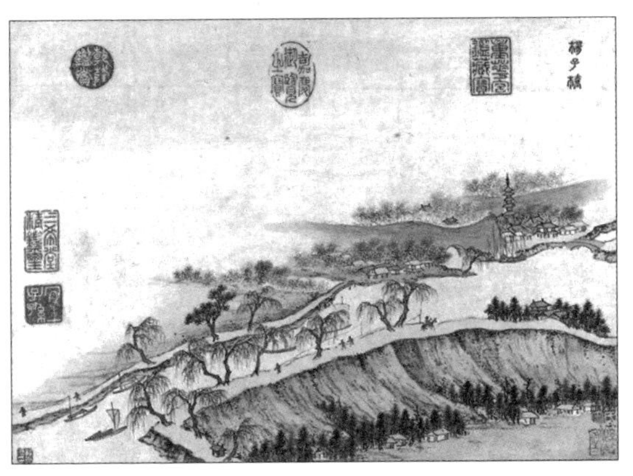

◎ 曹新频

春　雨

沥沥连宵洒，田头野草荣。
花萌初度见，叶湿几枝横。
新鸭知波暖，肥牛破雾耕。
分明春水过，隐约有雷声。

故里除夕随笔

归来欲赋早春诗，一见桃符喜气随。
万点银花炫天际，几声爆竹亮门楣。
遥看野渡波将鼓，小立山楼人已痴。
年味今宵新啖后，东风再请莫嫌迟。

◎ 陈代南

父亲赞

屹立风涛腰不弯，肩挑日月伫尘寰。
脊梁撑起孩儿梦，影瘦峰高一柱山。

◎ 陈海洋

夜宿中越边境小镇

百年恩怨总难分，息尽炮声鸡犬闻。
两岸春山灯火暖，相逢只隔一溪云。

过翠湖见旧岁枯荷

骨立残枝似不禁，樱花渐谢柳成阴。
淤泥水底积三丈，中有青莲未死心。

宿鸡足山和圆瑛法师《月下闻笛》

华首千秋近鹤林，海桑何事入胸襟。
山溪玉溅饶清气，僧塔铎鸣传法音。
古寺先分明月色，天风欲证白云心。
虫飞果落衍生灭，长夜孤峰起笛吟。

◎ 陈仁德

赴九江车经汉口

满地秋风起，连山雾气凉。
车穿巴峡险，路接楚天长。
野阔频开眼，云低欲入窗。
凝神闲坐久，何处是浔阳。

登綦江老瀛山白云观

万仞危峰势欲倾，巉岩老木气峥嵘。
路从绝壁腰间过，人在浮云顶上行。
古殿空中能独立，乱山眼底自纵横。
松阴露滴衣衫冷，此际真疑到太清。

◎ 陈姝棠

过那拉提草原见乌孙王陵随忆汉家公主

一去乌孙黄鹄分，琵琶声断汉宫春。
只今青冢多芳草，蛱蝶飞来不语人。

◎ 陈思明

观洛阳博物馆

每思古国感时遥，原是风烟迹未消。
今把千年重压缩，一天走过十三朝。

儿子伦敦留学机场送别

握别戏称同志哥，安心莫管父如何。
此时不作叮咛语，为怕飞机负重多。

◎ 陈晓敏

京中过元宵

防疫家家少出行，冷清街市月孤明。
汤圆自做花灯挂，好与儿童添笑声。

庚子春日

春来何处见春花，畏疫深居久在家。
光景无边看不得，一门相隔似天涯。

荠 菜 花

墙角溪头处处家，岂因地僻暗咨嗟。
风中捧出如星朵，报答春光是荠花。

母　亲

子女成人放远飞，殷勤嘱咐勿思归。
黄昏捧出孩儿照，惆怅相看泪满衣。

忽睹女儿幼时衣

样如蝴蝶小衣裳，开柜犹闻淡淡香。
一望成痴情不尽，恍然重到旧时光。

己亥重阳与诸师友登灵山

群英作伴兴偏豪，共上灵山第一高。
倚树静闻流水响，凭窗遥看野鹰翱。
鬓簪黄菊添游趣，情觅新诗待彩毫。
快意似今能有几，何当长此息尘劳。

◎ 陈衍亮

无　题

一路昏黄灯似花，长街梦碎雨沙沙。
徘徊孤影他乡客，看尽千窗不是家。

园　林

近亭远塔水包涵，墙角梅花数点探。
烟雨庭园看不足，一花窗里一江南。

◎陈　镇

零丁洋

一叶扁舟夕照残，西风吹彻溢轻寒。
伶仃水是孤臣泪，八百年来晒不干。

秋　夜

月光爬上旧窗台，习习清风帘半开。
远近虫声似潮汐，一波未驻一波来。

◎ 程运钦

回乡偶过塘畔老柳树原址

难信眼前曾是家，蹉跎七秩夕阳斜。
遮阴大盖知何处，徒忆儿时捉柳花。

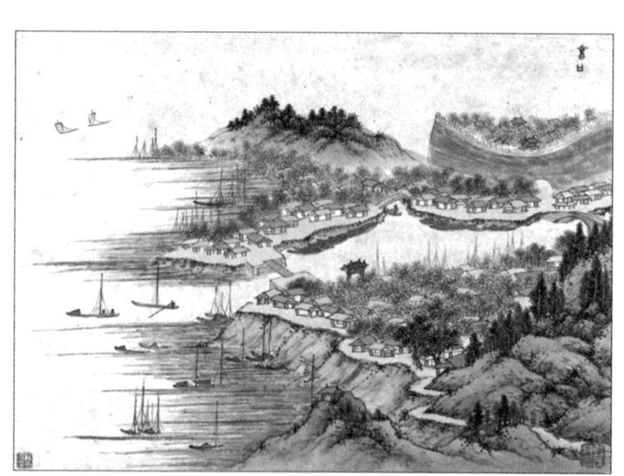

◎ 储昭时

湖畔闲吟

非为垂纶坐钓湾，几回寻梦向湖山。
水如心境何妨静，柳作柔怀不可攀。
别久情同斑竹瘦，老来身已白鸥闲。
无多往事成追忆，搁浅轻帆未忍删。

六五初度漫兴

行将奔七渐衰颜，顶现光明齿亦残。
尘路浑忘惊滟滪，清宵不复梦邯郸。
萱堂戏彩春晖暖，云牖凭吟意绪宽。
更有一桩堪话处，老闲未许着新冠。

◎ 楚家冲

车上望终南山

车近终南望五台，白云深处绝尘埃。
或僧或隐幽栖地，风雨长安扑面来。

◎ 崔德煌

池塘小立

爽气消初暑，荷飔水面生。
枵桐侵砌重，拂柳度烟轻。
月剪云衣破，林摇鸟梦惊。
披襟登兀榭，远籁隐雷声。

友 聚

吟烛随君刻，登楼幸有期。
鳍停鱼懈怠，喙静鸟沉思。
可步庾公月，难回谢子诗。
元王门下客，置醴应何辞。

饮 归

杣枝波拂影，舟静一舦平。
月引梧梢路，星摇水面城。
累珠荷露重，嘒管柳蝉轻。
独看瑶光远，无风醒夜酲。

众友聚庐岳别后相寄

搜囊白战字无鲜，独枕青峦竟自怜。
似弈星辰堆远汉，如丸日月滚长天。
心除尘世形难役，身退樊笼利不牵。
殿上虎臣今有否，百朝人事等浮烟。

去鄱阳县过彭蠡

往日龙争不足夸，星辰躔轨几霜华。
一排渚雁喧晨照，数阵江豚揖浪花。
左蠡似听悲鼓缓，康郎犹见凯旗斜。
船夫懒问恩仇事，自对渔讴发钓槎。

夜宿彭城

偏隅省北镇吴关，水合江湖值此间。
岭势不高多是石，城形虽小半为山。
满天星子棋谁弈，一巷灯光夜自闲。
只是清风无系束，屡穿窗隙抚苍颜。

匡庐听雨

隐闻雷声度，骤雨到山前。萧萧云流暗，飕飕起暮烟。白珠空跃谷，树杪瀑延涓。衰岭积溪链，平箕逐清涟。峻岩高跌水，宿雾半迷天。密树寒麋隐，苍林度鸟迁。昃径失樵迹，古洞卧闲仙。鸦回投湿羽，寺闭断谈禅。竹墅檐溜急，花坞积流悬。风强窗欲损，脊漏瓦难全。我来穷寒榻，复听几无眠。须知山外旱，瘗井渐枯泉。潜龙因何翳，雨不到农田。

◎ 崔国靖

晨起大沙湾海边拾贝

赤足沙滩白线长，书中情景愿终偿。
橘红一盏灯高挂，照出童年梦两行。

元月初广州萝岗探梅颙望

萝峰叠嶂翠岚生，枝曲花疏小鸟鸣。
溪径虽无香雪落，觉来足下响春声。

◎ 崔杏花

清 平 乐

深帘隔燕。空忆春风面。应是长堤烟柳岸。分与桃花一半。

年年花好须来。而今却为谁开。寒雨声中草树，阑珊灯火楼台。

登合江楼

窈窕湖山外，登高莫问程。
江流于此合，佳气应时生。
云自随来去，鸥须惯雨晴。
西风留客处，倚槛正衣轻。

◎ 大涵雪野

山 居

庐隐风清处，朝阳暖意熏。
竹篱花自落，松涧水常闻。
闭户听山雨，开窗放野云。
东冈明月上，诗绪又纷纷。

◎ 戴庆生

三沙掠影

——观三沙宣传片《南海的风》

久闻群岛美，今日识三沙。
翡翠滩边树，珊瑚浪底花。
探礁迷蟹贝，巡海醉鱼虾。
向晚水天赤，千舟逐落霞。

◎ 邓建秋

游桫椤湖

俱怜山色与湖光，为此高歌共一航。
马庙微波生潋滟，龙潭忽雨作青苍。
谷深不放桫椤老，风远偏留茉莉香。
欲发清溪吟太白，好凭水阔悟天长。

门　中

门中静守奉无为，人意天心未略窥。
腊酒或能消永夜，春灯奚复照愁眉。
如山尘落三千界，有海声穿十一维。
独对虚窗枯坐久，梨花香里看星垂。

◎ 邓世广

汉上琴台感赋

高山流水悟犹难，一曲清音一寸丹。
休说绝弦真俗论，此琴不肯对牛弹。

注：元·刘因诗："绝弦真俗论，不是古人心。"

张家界天子山

气象巍峨接九霄，群峰稽首众仙朝。
老夫已有痴呆症，万岁尊前忘折腰。

◎ 邓水明

平云山

平云山上鸟啼时，殿阁嵯峨翠扑衣。
古木迎风弹雅韵，孤城隔水带斜晖。
无穷素练天心下，不尽奇峰杖底飞。
真宰有情供画本，小诗更拾一囊归。

◎ 邓玉柱

新春喜雪

不见寒英已十年，今朝的砾下遥天。
妆成琼叶清堪赏，染得春梅红可怜。
几处好看浓复淡，一时争咏后还先。
村头更有谁人乐，雪里新苗生绿烟。

◎ 丁海军

水调歌头·春游潭柘寺

金日镀名刹，梵颂入祥云。露花寺内花露，粒粒是坤珍。百岁二乔蝶舞，几处重檐燕语，万物沐芳辰。殿里客随踵，几可释迷津?

东风拂，香缭绕，涤心尘。芸芸众相，长拜参悟度凡身。虽历平生万难，仍揣心香一瓣，觉悟信能循。人是未醒佛，佛是已醒人。

注：百载二乔指潭柘寺四百年二乔玉兰。

浣溪沙·秋登滕王阁

鸥鹭滩头久骋眸。谁携彩笔扮三秋？江襟湖带总风流。

栏外征鸿何处去？阁中诗序为谁留？有人无语过洪州。

鹊踏枝·京华初雪夜饮

围坐同乡多俊杰。蟹贝鲜肥，美酒坛坛叠。话到故园心一热，不知窗外寒风烈。

罢饮深宵终握别。十里长安，飞满燕山雪。再醉琼花同月洁，幕天席地为谁设？

◎ 丁丽萍

卜算子·禾之梦

种到海之南，种到江之北。种到天涯那一边，颗颗黄金粒。

叶孕世间凉，花醉田间客。解得苍生顿顿饥，不负凌云翼。

◎丁　欣

过青海

风削沙崖锋锷残，车过霜碛见楼兰。
行来只怕闻长笛，声带苍烟无尽寒。

庭　院

开过寒梅开牡丹，由它开落在空湾。
平居谁是看花侣，栏外伸来一叠山。

湖　望

平湖一带似沧江，云嶂烟峦引望长。
小拍栏干心又动，看它孤棹入苍茫。

登眺千灯浦

小阜耸高阁，长川开画屏。
云随风月白，浪向水天青。
故燕穿烟柳，老鼋浮锦泾。
凝熏桥下棹，向我漾春星。

箧中检得由吴淞向青岛旧船票

持君泛沧海，三十八年过。
璀璨星翻浪，蒸腾日浴波。
长怀击楫想，犹作叩舷歌。
所浸鱼龙气，今来恨不多。

◎ 丁永海

大雪酬老同学短信

养病老家形影孤，天寒欲酌故交无。
凉州兄弟一行字，胜似香山小火炉。

翻出师范毕业照

一段青春犹散香，少男少女土衣裳。
折痕深处流年看，只有初心未泛黄。

初　夏

园中杂嘉树，陋屋掩其中。
有意鸟声翠，无名花朵红。
玩枪池下崽，对弈柳前翁。
如此终朝好，何须逐世风。

◎段　维

英山金铺谒沈佺期衣冠冢

乡路多之字，铺金任夕阳。
攀岩竹横翠，护冢草拖黄。
律细风传播，衷深世薄凉。
唐诗三百首，骸骨许收藏。

双井茶

西江月脚上重冈，梦里神游对一床。
山谷松风翻雪乳，茶盂蟹眼看炎凉。
降脂渐小将军肚，论道常宽君子肠。
双井清流为底色，永教那抹绿张扬。

临江仙·鄂州观音阁访胜

七百年来标格，未随逝水沉浮。浪淘沙固石矶头。鱼跳檐挂碍，阁枕大江流。

平素拒迎游屐，善缘诗侣筹谋。顺风闲放一孤舟。登临鸥澡雪，沉浸到无求。

浣溪沙·乘普快由武昌至阜阳途中

沿畈荷青间稻黄，绿皮车拱旧时光。接连喘息是咣当。

生活讲真重返慢，相思无故被抻长。全程细嚼齿生香。

菩萨蛮·故园秋感

夜阑捕捉秋消息，风疑染指香曾识。蛩语细如丝，缠绵未尽知。

露浓星欲滴，枯眼何能及。徒羡浴凉蟾，天池鸡尾蓝。

◎ 方建飞

翻晒土布念及先母

轻摩老布万根纱，密密层层是岁华。
常记那时灯火下，坐陪阿母纺棉花。

◎ 方乾羽

十六岁生日作

携手相望广汉愁，难忘曾共一轮秋。
黄河此夜东流去，明月何时又满楼。

◎方 伟

游南湾

秋风惹我十分豪，更有诗情待酒浇。
但使南湾都是酒，连湖端起不须瓢。

夜宿灵山寺

征尘扑尽宿僧房，树杪星辰灿有光。
何日真将凡梦了，一篙春水上慈航。

惜春笋

箨龙节节已成文，谁遣馋人动斧斤。
若待片时春雨足，一经伸展即凌云。

题五十九岁前之山川行旅图

吾华在处好山川，天许诗人杖履延。
已近六旬称鹤寿，更祈千岁号椿年。
闲牵玉兔巡丹桂，醉向银河泛酒船。
一绺白毛轻摆动，任人呼作老神仙。

八声甘州·题泰山孔子登临处

想当年孔子此登临，瞻鲁并瞻吴。对九天苍霭，茫茫大野，片语都无。袖手极巅之上，天地一身孤。一点苍凉意，铺到青徐。

太息礼崩乐坏，要只身收拾，河洛图书。更南奔北走，到处鼓龙胡。试看取，红尘扰攘，问几人识得老寒儒。千载下，有人到此，感念欷歔。

巡　天（招魂体）

若干年后，地球将亡。人将何往，帝心彷徨。

帝曰濯缨，休辞劳苦。上下四方，汝实奔走。

缨曰唯唯，吾试为之。一番求索，乃为此辞。

辞曰：

告彼上帝：月球不可以居些。伐薪无度，桂树已枯些。流沙满地，广寒为墟些。吴、嫦结缡，至今不闻有子息些。饥不择食，玉兔早被生屠些。彼月球兮，不可以居些。

告彼上帝：火星不可以托些。飞船实证，其水早已干涸些。鱼龙失据，尸骨杂错些。沟渠纵横，而不见五谷之残屑些。人脸空在，其族皆已失所些。太空绿洲，至今唯存此荒漠些。彼火星兮，不可以落些。

告彼上帝：太阳系内不可以求些。地内之星，金石亦为之流些。地外之星，凛乎不可以游些。阴风如刀，解人肢些。陨石乱飞，砸人头些。彗木相撞，已结仇些。刀兵暗起，不知由些。何处安居，我心忧些。告彼上帝：银河之大，不可以住些。一条弱水，不浮毛羽些。此邦之人，莫我肯顾些。红睛绿毛，森可怖些。或有妖童，口如斗些。日食千人，骨不吐些。我心颤颤，面如土些。

告彼上帝：河外星系，不可以往些。千万光年，谁敢想些。时空隧道，不可访些。身虽欲至，徒怅惘些。

乱曰：

九天高处兮望地球，蓝晶晶兮绿油油。日昼明兮星夜耀，月当灯兮何其好。天分四时兮生五谷，寒暖适宜兮食用足。恨彼小儿兮自不良，逆天而行兮自取亡。自取亡兮余几日，我为地球兮长一哭！

◎ 方贤文

归乡途中见两山间留一缝视野突然开阔

林蔽峰高客路长，驱车似箭费眸量。
群山挤出一条缝，先放归人望故乡。

◎ 方瑜泉

题喀喇昆仑五勇士

不必勒燕然，威名已在天。
昆仑添五岳，一握便为拳。

◎ 冯万星

秋 暮

蓼渚枫林尽换妆，菊花香里度重阳。
寻欢山水心难足，淘食田园兴未央。
与酒与诗三角恋，为收为种两头忙。
秋宵抱醉亲平仄，渐觉衣衾不耐凉。

◎ 盖涵生

杭州一字吟

一花一草一天堂，一水一山归梦乡。
一地风流供一醉，一湖春色一城芳。

咏　茶

泉声云影绿方新，漫展轻舒韵正醇。
待到冬来雪深后，与君重试此时春。

西江月·女儿本命年生日，当升初中矣

蜡烛应排一打，蛋糕最好三层。月儿有空也欢迎，更把星星叫醒。

属虎生涯恰到，成龙事业初程。梢头豆蔻欲婷婷，心愿有谁偷听？

南乡子·九一八用稼轩韵

积弱旧神州，炮火狼烟起堞楼。一寸河山一寸血，悠悠，遍地疮痍涕泗流。

百战洗兜鍪，警笛声声鸣不休。八十七年伤国耻，屠刘，莫使承平误远谋。

汉宫春·忆别

几度阳关，是这回剩我，去意徊徨。一声笛咽，一声嘶断离肠。匆匆执手，甚当时，云淡天长。多少事，休休更说，付之一笑应狂。

料想人生从此，便调风弄雨，疏了琼觞。算来但余梦里，着意思量。斯如逝水，共何人，濯足沧浪？空记取，年年梅树，依然漱影噙香。

满江红·题人类首张黑洞照片

惊艳之光，遥空里，风神谁识？想当年、爱因斯坦，预言解密。饕餮生涯应现影，贪婪本性终留迹。教茫茫、此日写真成，谈何易？

吞万物，控八极；妄称洞，岂其黑？是太初劫火，无穷归一。欲壑难填休与比，人心叵测嗟何及？溯渊源、大象本无形，从头觅。

满江红·福建舰航母下水

鲲化游龙，初试水，浪花腾跃。看利剑、凌空弹射，一朝喷薄。国富兵强宁有待，民安邦固真堪托。赴远洋，从此踏狂涛，星辰掠。

南海策，重谋略；寰球局，再斟酌。更赵家完璧，不容猜度。说舰每思三宝郑，弯弓端赖嫖姚霍。且乘风，接二复连三，雄图作。

◎高 昌

最高楼·村南旧事

回眸望，童话土中埋。都是小呆呆。珠珠酸泪甜甜笑，些些闲事挂心怀。草犹淘，花更野，树还乖。

那朵美，春风曾等待。这畦梦，阳光来灌溉。深浅爱，列成排。如烟岁月飘然远，斜风细雨印苍苔。路仍长，题未解，谜难猜。

谒无名烈士墓

从来四海五湖里，本自千红万紫间。
可惜问君无姓字，独邀春雨吊空山。

◎ 高景芳

鹧鸪天·汉江

千里蜿蜒未断流，峰峦倒影共凫鸥。风吹柳岸云烟缭，夕照江村石径幽。

波浸月，翠笼楼。荻花带露饰芳州。渔歌晚唱襄阳好，曾醉山翁忆旧游。

踏莎行·忆随夫回豫乡过年有题

联贴前门，梅开深院，彩灯高挂撩人眼。满棚蔬果已垂涎，更期手擀糊汤面。

卤菜拼盘，清蒸盛碗，烙些煎饼香葱卷。幼童急着领红包，吃过年饭看春晚。

江城子·祭父

何因幽梦总关情，问黄莺，近清明。梧叶敲窗，犹父唤儿声：怀念军营那岁月，驱战马，请长缨。

陵园松翠草青青，晚风轻，似新晴。祭酒三杯，细语叙平生：昔日膝前乖巧女，承父业，护长城。

◎ 高石春

癸卯岁杪卜居

独处觉年赊，寒来自宅家。
叩门风是客，簪鬓雪如花。
禅坐江湖远，藏行气色嘉。
余生何所好，掩卷一杯茶。

董公学增先生东归金陵经汉招饮憾吾旅羊城不能赴约

故人骑鹤来，带着巴山雨。
招酒约银屏，流觞依绿浦。
先生近墨儒，野客远荆楚。
无奈叹烟帆，遥遥难一睹。

癸卯重阳

九月登高处，秋光正可怜。
斜阳垂暖色，玄水起苍烟。
菊节才开始，霜风已率先。
催人封桂酿，未醉也陶然。

癸卯仲秋夜

不觉秋三五，番思泣路赊。
青春诗换酒，老病药当茶。
岂敢悲人事，可堪沽月华。
举杯吟复啸，桂影满天涯。

卜居羊城随笔

老病经年失自由，栖迟市井远山丘。
抛书不作风花计，捣药难为象马谋。
梦到槐安新境界，弈来河洛小春秋。
晴川阁畔牛衣客，且借珠江泊楚舟。

注："象马"，此处指财富，北魏杨衒之《序》云：王侯贵臣，弃象马如脱屣；庶士豪家，舍资财若遗迹。"河洛"，围棋的雅称。

闲　居

独于初夏惜春痕，听雨听风听鸟喧。
因待竹音将洗耳，便疑花气暗推门。
隔山云湿天青色，掩卷诗残太白樽。
自哂闲人如我者，一箪一饮一晨昏。

回故乡蕲春

气暖风轻初夏天，重回欲觅旧山川。
蓬车辗转三千里，乡梦厮磨五十年。
难辨履痕空物语，相看村迹隔芳烟。
我今扶杖流连处，遍地连翘日已偏。

◎ 高艳梅

夏日随吟

雨过庭除静，风回夕下时。
余花争点染，游蝶漫追随。
不解庄生梦，还吟太白诗。
铺笺排小字，个个若相知。

◎ 高语含

拟山僧诗

古今到此不须嗟，檐角年年对日斜。
一十八亭禅境界，百千亿世梦生涯。
苔深寒水知无色，雾薄空山见有家。
万念销余春寂寞，墙根拈取未名花。

◎ 高志文

卜算子·七夕

有约未曾来，冷落葡萄架。江畔何人弄紫箫，似说痴情话。

欲听恐心伤，不听犹难舍。却看长天卷暮云，夜雨和风下。

【黄钟·人月圆】寄外

无端记起悠悠事，独上旧亭台。云天雁影，西山积翠，雏菊新开。

那年牵手，相思树下，心入君怀。曾经风雨，如今日月，岁岁同栽。

◎ 龚　霖

与志坚兄驱车过青浦金嗣水老师幽居邀其同游朱家角老街聚餐

水国宜居地，吟翁最有缘。
鳑鲏堪下箸，菡萏欲留船。
一席情怀畅，三街灯火燃。
秋凉犹有约，诗笔钓河鲜。

◎ 龚晴宜

观壶口瀑布

涛浪声相轧，汤汤水自雄。
黄河千万里，收束一壶中。

横塘驿即景

洲如画卷残阳里，一道长桥翠浪斜。
古驿垂杨依旧在，横塘春燕到谁家？

登岳阳楼

楚地重城迥，湖天一雁游。
汪洋空自叹，涯涘莫能收。
始觉乾坤大，偏怜草木秋。
洪波何处注，残浪打西楼。

春　游

雨后晴川烟共色，寻常万物显精神。
桃花细堕初黏水，雏鸟新飞不避人。
为爱西山凭槛久，还思东月上楼频。
同游俱是离家客，歌管相招幸有邻。

登华山

暂慰风尘市井颜，搜奇探秘峻崖间。
天边泾渭流潼日，云外崤岐扼汉关。
石蹬阴生松树古，棋亭卓立道人闲。
夜观万壑清光至，缓步东峰宿紫寰。

◎ 古湘墨色

忆往江南

往事何堪犹忆新，江南梦破绿云陈。
湖亭莫说辞乡水，琴瑟须歌约故人。
别后相思长夜月，近来回望旧年春。
归鸿杳杳天涯路，又见飞花怎不嗔。

◎ 故　园

观群友说炉桥史

鸥鸟白云安可邀，吴宫魏阙更迢遥。
荒烟已没建章井，明月仍悬定远桥。
戍地柝声今不在，汉时铁气未全消。
后人聊复听流水，尚有余音答野樵。

◎ 顾　盼

春日江上游从黄石矶到半壁山

高楼垂柳系轻烟，黄石矶头踏逝川。
拍岸水沾春草色，泛舟人醉散花天。
渔歌洞口低徊起，鸥鹭滩头取次眠。
胜日春江游未足，归来还忆鳜鱼鲜。

◎ 郭昌宏

读《史记》之赵高指鹿为马篇

曾经鹿马最难分，往事翻开剩血痕。
莫道赵高身已死，两千年后有余温。

◎ 郭定乾

太白祠撞钟

诗仙祠里罢豪吟，敛尽门前弄斧心。
只向铜钟留一撞，西风残照满唐音。

暮春即事

野意山中满，春深倍可怜。
插竿牵豆蔓，破竹引山泉。
雨润千峰绿，风柔百草鲜。
平冈时牧犊，倚石听啼鹃。

岁杪游般若寺

偶作烟霞客，来寻释子家。
四山闻鸟语，一路看梅花。
楼接飞云壮，钟敲落日斜。
已探幽意足，何必礼袈裟。

秋暮访回龙沟

不负烟霞约，来寻山水乡。
幽溪翻雪浪，老树灿红装。
峰逼青天小，泉飞白练长。
回龙深莫测，云气莽苍苍。

注：回龙沟在四川彭州市龙门山镇。

三十抒怀

光阴可奈箭离弦，一事无成境遇迁。
花甲平分唯此日，茅庐空守到何年。
破愁哪得中山酒，励志常歌古剑篇。
莫道村夫胸次窄，欲思揽月上青天。

冬日游花园沟

葛仙山下事幽寻，踏叶溪亭响足音。
拾级漫持青竹杖，探源且寄白云心。
霜禽语脆闻空谷，野菊花香渡水阴。
行到深潭泉沥处，依稀如听伯牙琴。

冬日游毕棚沟

崇峦叠海锁风烟，不负轻车四百旋。
老木寒崖分夕照，白云苍雪接青天。
三千米上留踪迹，十万松间漱瀑泉。
诗圣诗仙不到处，看余高咏步虚篇。

注：羌藏区称堰塞湖为海。

桂枝香·甲午中秋

闲庭伫立，正桂子飘香，金风萧瑟。朗月无私遍照，东西南北。为她一点团圞影，费前贤、几多词笔。谢庄凄婉，谪仙狂放，东坡清逸。

千古事、都无痕迹。叹人间更换，迥异今昔。休说离愁别恨，美人睽隔。相思不用劳魂梦，有微屏微信知悉。对兹良夜，吟怀潇洒，诗心如涤。

注：谢庄，南朝宋文学家。有《月赋》辞情凄婉，最为后世称道。微屏，指手机屏幕。

◎ 郭通海

山里人家

三两人家岭上栽，几枝红艳探墙开。
院中风景难圈住，都被云溪淌出来。

◎ 韩倚云

春　燕

双翼乘风带彩霞，高天下望有人家。
管他百姓和王谢，只借门庭看杏花。

晨起修剪竹枝

独在庭中爱此君，莫教枝叶乱纷纷。
料应不负并州剪，劲节虚心到碧云。

荔枝树下留影

今朝踏遍岭南云，留我诗魂伴日轮。
欲啖荔枝亲手采，不劳飞骑溅红尘。

雪

断无悲悯意，更乏是非心。
长使乾坤暗，高遮日月阴。
傍梅求暖色，敲石待清音。
驴背灞桥句，可听贫士吟？

戊戌三月望夜与外子视频后作

相思今夜越红尘，一线牵情画面真。
海底月成天上月，眼前人是梦中人。
但期眉眼含欢笑，不向风云说苦辛。
数码殷勤存两地，心声从此往来频。

定风波

山中遇雨，眉鬓皆湿，狼狈时见足下清泉，随之同出，步东坡韵。

难躲难藏尽雨声，何如奋起向前行。风作先锋泉似马，休怕，敢拼敢闯即人生。

山路回头如梦醒，清冷，无须重嶂再逢迎。且看浓云凝聚处，收去，一轮明日照天晴。

◎ 郝敬英

路过拆迁旧居

荆芜瓦砾夕阳斜，邻舍莺迁别处家。
栾树不随人事变，秋来依旧缀黄花。

◎ 何建君

山　居

晚风小酌蔷薇里，犹有柑花香未已。
庚子谁言春事无，山人漫看朱成紫。

◎ 何其三

月中桂

婆娑天上枝，风起传清籁。
不是吴刚修，能伸月轮外。

秋读

雨打芭蕉绿，电停夜秉烛。
斋中千册书，只读长干曲。

月光

我于花底立，光向花间洒。
欲待赠伊人，如何束成把？

种芭蕉

叶如眉黛绿，种在临窗处。
凭此便能知，人间有风雨。

沙滩上

银沙松软水生香，整日消磨未觉长。
临别自惭无所赠，且留脚印两三行。

临江仙·旧衣箱

解锁陈年往事，青春塞满衣箱。翻看全是旧时光。故人才忆起，触动小忧伤。

那只桃红发卡，那身妃色裙装。那天池上两鸳鸯。那年心未变，只是鬓微霜。

采桑子·青春回忆

青青眉眼春难比，一袭红衣，一握腰肢，一朵桃花落鬓丝。

已藏心底深深处，那首歌儿，那个人儿，那个黄昏那个诗。

定风波·女生宿舍

自习归来夜色浓，熄灯铃后话哝哝。偷点油灯无可罩，堪恼。被单横挂把光封。

妃子扮成呼圣上，娇样。仿如身处翊坤宫。忽听师尊声已近，喝问：是谁还在闹哄哄？

◎ 何阳义

题张家界玻璃桥

欲度天桥鸟亦惊，旁人莫笑我扶行。
世间多少青云客，一样居高怕透明。

张苍水铸炮遗址偶作

短墙高堞昔时颜，铸铁熔金在海湾。
炮口应知主人恨，至今依旧向厓山。

乘船赏油菜花

轰鸣马达破晴空，水上春光不尽同。
花海连河两重浪，云根在侧一船风。
岸边儿女为看客，山顶仙人是画工。
涂抹金黄未停笔，清波碎日补深红。

◎ 黑眼睛

盼 归

倚杖柴门暮雪扬，年年岁晚盼儿郎。
归来小路长须记，家在山陲老树旁。

夏日绝句

芭蕉绿影满中庭，瓜贩呼声隔巷听。
永昼无风深院静，蜻蜓飞上晾衣绳。

离家五百里

行役经年岁，游子今始归。去时花灼灼，来时雪霏霏。故园日以近，中心日以悲。吉他久已弊，缁尘染素衣。离家五百里，铁轨何逶迤。离家四百里，北风漠漠吹。离家三百里，旷野行人稀。离家两百里，穷巷在山陲。离家一百里，慈母应倚扉。

◎ 鸿 雁

高山台梨花

柳岸踏晴沙，人归晓径斜。
高台无笔墨，春水画梨花。

◎ 胡传胜

梦

人行似月牵，牵到老房前。
野草苔阶没，萱堂去十年。

入敬亭山

雨霁晴光好，飞车指敬亭。
名山诚不吝，迎我一峰青。

◎ 胡　晖

雨中登莽山

谁道登高只许晴，云浓雾厚且徐行。
人间万象本如此，何必秋毫都看清。

◎ 胡　鹏

涂　山

榴风舞翠罗，禹殿耸嵯峨。
心近东山地，诗题淮水坡。
尤怜望夫石，最惜候人歌。
放眼涂荆峡，长天平海河。

◎ 胡迎建

孟夏访万载龙赓言、龙榆生故居

天诞龙师在斗南，薰风紫气漾株潭。
竹苞书府仍辉赫，断壁残椽近塌坍。
词脉赓传功忒伟，棋盘变幻命难堪。
故居何日能修缮，家学渊源共论探。

注：故居八九间，凋敝破败，门上方匾额“竹苞”“书府”“象观北斗”；门旁有朱红楹联存“东来紫气”“南至薰风”楷书数字，余俱难辨识。

龚公山马祖宝华寺得证通法师重建有感

何须磨镜别云台，植柏坛场辟草莱。
无是无非禅性悟，即心即佛法门开。
师弘大愿行坚卓，殿奠深基矗焕巍。
万象森罗时印现，皮肤脱尽莫徘徊。

◎ 华慧娟

苏公遗恨

魂断西湖泪始干，六如亭下祭文寒。
知音此去云遮日，独向孤鸿作苦叹。

霞涌海边漫步

霞光映海深，栈道挽天心。
抛却尘氛去，来听鸥鹭吟。
清风驱浊气，古调占晴襟。
涛石争鸣处，覃思向远岑。

◎ 黄从明

翠　湖

林楼倒影幻如烟，镜面浮光泛细涟。
谁驾轻舟穹洞出，一篙点破水中天。

◎ 黄海涛

游江南古镇

重来古镇恰飞花，安坐乌篷览物华。
黛瓦参差犹积玉，雕窗隐见似飘纱。
歌随柔橹波分影，桥过初晴水映霞。
就岸维舟寻酒肆，灯笼高挂故人家。

◎ 黄友富

过渊明故里

楼外东篱篱外山，秋光淡到落星湾。
闲云野鹤斜川水，收在先生一记间。

春访家山

望里云边大树村，四围山色入桃源。
池前柳暗黄拖水，陌上花明绿到门。
落坐和风迎远客，攀谈细雨话新元。
开春一片匡庐土，已是香泥满故园。

秋日乘舟游鄱阳湖

一棹窗前落叶横，秋风应序下沧瀛。
山从牯岭云边瘦，水过松门浪口平。
草色不因初冷减，鸥歌尽向软波惊。
天心有意私蛇岛，直使鄱湖碧到城。

注：蛇岛乃湖心一岛屿，建有鄱阳湖水文生态监测研究基地。

◎ 黄泽良

山居冬雪

大雪封山老，炊烟活小村。
鸡鸣非报晓，犬吠不关门。
腊味晾成串，鲜蔬煮到根。
吊锅蔸子火，晌午又黄昏。

◎江　岚

夏　夜

群蛙得雨气如牛，长夜呱呱觉更幽。
纵老涿州亦不恶，卜居犹得傍林丘。

癸卯冬日乘高铁赴奉节过巴东站偶作

车到巴东欲暮天，群峰淡似几堆烟。
望中何处是三峡？已觉猿声来耳边。

打　水

偶因打水下高楼，扑面风来狠似抽。
几缕青烟吹不去，才知春到柳梢头。

过罗浮山瞻抱朴子洗药池

石上犹题洗药池，睡莲静静雨丝丝。
休言鱼小无仙气，蓦地腾空未可知。

清晨涿州东站月台闻鸡

十里车声似水流，萍漂梗泛各悠悠。
高台鹄立对朝日，何处鸡鸣动涿州？
天亮徒劳君报晓，时平安用我怀忧。
俱为盛世一闲客，合逐青莲归去休。

癸卯秋日过惠州白鹤峰谒东坡故居

白鹤峰前江水流，白鹤峰头草木秋。苏公故居赫然在，俯仰之际恨悠悠。每读大作想其人，何幸此间尚留痕。石栏古井或可汲，中庭老树郁嶙峋。小斋取名思无邪，正屋题匾德有邻。壁上画像依稀是，右为小坡左朝云。老坡长脸复长髯，可怜抱病也精神。一从负笈出眉山，宦海浮沉若等闲。才雄二帝嗟难得，名高举世仰大贤。太平宰相原无意，群公何必共阻拦！湖州勾摄到乌台，百日摧折不胜哀。出来雅兴仍不减，手把松醪又剪裁。安置黄州作团练，大江残照几徘徊？赋成赤壁天下闻，剑气堂堂安可埋！玉堂金马真一梦，此别都门倩谁送？王弗早逝闰之亡，垂老独与子霞共。万里间关抵惠州，市井寥落难自奉。肉少细剜羊脊骨，雨泼愁对墙穿洞。遥谢故人相问讯，振履依然歌商颂。

书生强项类如此，绝似诗豪子刘子。本朝善待士大夫，重屯累厄幸不死。新居落成春睡美，长瓶堆地何磊磊。佳句翻惹权臣怒，更向南荒渡海水。

辛丑暮春躬逢相如故城开城仪式书怀

蜀道几千里？烟花一万层。汉宫赤车来，鸾铃响叮叮。清如山泉水，脆若出谷莺。缭绕峰前过，宛转江畔行。大邑复小邑，长亭又短亭。高驮千古梦，争传万世名。铃声唤相如，昂藏入汉廷。铃声唤太白，大笑出南陵。铃声唤老杜，策马向帝京。铃声唤梦得，壮志在澄清。铃声唤义山，櫜笔更远征。铃声唤我辈，负笈又启程！迢迢到蓬安，端的似转蓬。何期故城开，躬逢喜且惊。故衙赫然在，古木接云平。旌旗自舒卷，甲胄满高城。故宅是耶非？徘徊不胜情。小馆酒香飘，绿绮尚飞声。云烟临水起，随风斗轻盈。其中多仙子，调瑟复吹笙。何似上林苑，恍若在蓬瀛。生逢汉武帝，死逢梁武帝。二帝皆明主，惜才多雅意。生既展长才，死犹劳相忆。县以相如名，平添斯文气。逝者如斯几回首？雄图霸业更何有？反赖文士而扬名，每每挂在世人口。始信才藻真有力，敢与山川争不朽。

◎ 蒋世鸿

废　井

沉浮何事问穷通，日月相看倒影中。
一自乡人勤改邑，独凭枯眼对苍空。

过无名观

幽微随所适，隐隐接蓬瀛。
过客不逢路，上人何用名。
深参群动息，荒到众氛清。
会得无为理，山山空弈枰。

旅宿南昌

夜入洪都府，江风骤作歌。
野云流不宿，旅雁远能窠。
寂寞月侵榻，依稀梦枕柯。
山分城市外，与我对嵯峨。

故村归见

孤村似垤没蒿莱，门户空朝旷野开。
历岁墙生新薜荔，以时窗结旧莓苔。
不知道自荒中绝，犹践尘从远处来。
屋舍探看浑失主，教人顿起黍离哀。

燕子矶上望长江

苍茫壮阔拥矶头，地远天高水未休。
万里无人知断续，一时为芥在沉浮。
豁然林壑分斜照，到此胸襟合巨流。
伫望长江唯莽莽，转悲生事只悠悠。

鹧鸪天·经龙门村入大麦坞探老龙源

一入深山便忘年，因谁更问老龙源？才经麦坞千弓地，已到龙门百里山。

门外壑，坞中滩。悉来与我作盘桓。何如撇却红尘累？万绿丛中自放还。

澡兰香·乡野

风禽自警，草树相营，野望远从暮合。彤云缀宇，落日当原，鹳叫鹭鸣纷杂。但农夫、犹守孤荒，身随田园匼匝。丘垄上、邻村若侣，遥川如纳。

借问家山路径，昔去何宽，比来何狭。瓜翁健饭，菽媪加餐，自许稻粱功业。记劬劳、不欲人知，偏付黄鸡绿鸭。共日月、老屋新楞，邀谁欢洽。

◎金　锐

拜毛苌公墓

昔谓瀛洲者，九河燕赵分。
霜侵青野树，风断太行云。
周雅蒿莱拾，儒宫瓦砾焚。
那堪为吊客，垂涕对荒坟。

送李明博士之长安

送客长安去，金壶系马头。
翻教文博士，来作酒仙侯。
一夕燕山月，十年秦塞秋。
怀思渭河水，日夜见东流。

花朝怀杜甫

春来迢递变尘烟，欲问凄凉到酒边。
三五花枝摇欲堕，寻常诗句老相煎。
风翻高草寒声迫，月照荒台暝色连。
记得去年凭吊处，一抔长对泪潸然。

戏 题

翩翩何事卧花前，玉马春风正少年。
弦管歌闻姜白石，杯盘梦语李青莲。
招游云压西山雨，问醉波摇北海船。
撷取清凉一痕月，几回飞动上吟笺。

◎ 金嗣水

秋 夜

林立高楼明月孤，蝉声渐弱有还无。
西邻壁上东邻竹，一幅清灵水墨图。

◎ 静　如

卜算子·京华初雪

素影一千寻，万瓦黄金殿。拂我初冬别样情，白玉琉璃扇。

一扇小风寒，一扇长风剪。一扇冰消雪化时，一扇春之眼。

西江月·飞天

疑是塞边仙子，那年驾着风回。翩翩长袖彩云飞，惊得满天星碎。

反把琵琶弹过，还吟弦上清辉。是谁呼取玉门杯，斟满敦煌情味。

西江月·月牙泉

碧宇半轮秋月，秋风挽住秋光。何时照得水茫茫，画出酒窝模样。

不管云来雨去，任它雪卷沙狂。我来脉脉对斜阳，听取一湾清唱。

水调歌头·诗城奉节

白帝几回约，何日到夔州。当年烟幕丝雨，曾洗谪仙愁。弹却浣花春色，吟过草堂秋兴，孤对大江流。不见先贤影，独自上高楼。

水连天，云一片，月当头。诗城如画，峡嶂叠叠水悠悠。应羡平湖舒韵，还许连峰为句，相与共清讴。圆梦真堪醉，千载寄心眸。

◎ **郎　松**

乘船游百里长湖

一湖天上水，夹岸立崔嵬。
看似前无路，忽将山撞开。

◎ 郎晓梅

早春在大梨树瑶池上

野椅吹花坐，谈天傍老彭。
鸠飞闲意思，林落慢光明。
当水莲初白，在山云愈清。
有时人语歇，蛙试两三声。

癸卯五月廿九日在三峡之巅乐正后夔广场

吾闻昔者夔生瞿塘峡，坠地走将巨水狎。已而春鳖伏滟滪，已而壁虎贴赤甲。江河呜咽地呻嚬，谛之恓怆解无法。乃向乾坤辨四时，宫商角羽叩以答。更问泥躯本来心，徵音出处五音合。登巅击石拊石鸣，百兽咸集舞纷沓。大韶悲凉不可听，直逼青云垂天匝。诗言志兮歌永言，凤凰仪兮氓人洽。可怜其后大国工，但向王侯弄磬钟。君不见饥儿啼野缺门扉，飞燕专台蹈《归风》。君不见故园菊傍战场开,《霓裳》绰约迷帝宫。底层歌哭不得发，乐官俱曰瞽与蒙。闻得撒粟咯咯唤，争食鸡雉分雌雄。我来暂向夔足坐，暑日欲焦掞天火。峡水浑黄不激流，鄘阛入画烟飘簸。思之笑之去来之，凭栏指点小舟舸。

◎ 雷海基

忆母亲冬夜纺棉花

寒风阵阵叩门开，半盏油灯小桌台。
纱线慢牵星月走，纺车摇到曙光来。

◎ 雷　彦

问农有答

时序过初夏，风寒带雨凄。
轻轻一声叹，种子烂成泥。

◎ 李葆国

谒骆宾王祠

诗出童翁乐，檄成天下惊。
谁能掷肝胆，亘古一书生。

◎ 李浩然

暮望渔村

垭口疏星移海潮，渔声渐与晚烟销。
谁家灯火华楼外，明灭村中云水遥。

过北京实验二小知其为克勤郡王府旧址感作

斜街杂沓步逡巡，深院曾经满紫茵。
半壁江山三尺水，一家风雨百年尘。
彼苍有命徒为力，斯道无情不藉身。
终古红楼朱户地，高门已换读书人。

寄星宇浩桐

昨日云间消息殊，经年再到海之隅。
南溟风送三千里，上国辰颠十二区。
片纸虽轻常载恨，一生最远是归途。
乡心应未随时弱，何事少年终壮夫。

注：任星宇邱浩桐均为吾同窗，自别后至今已近十年，星宇赴南洋后仅得一见，浩桐赴美后未曾一见，故寄诗以怀。

◎ 李家荣

渔　歌

欸乃遣谁听，秋风下洞庭。
唤来双白鹭，划破一天青。

早春木棉

珊瑚顶上万红开，雨冷风凄扑面来。
要识英雄真态度，先于春上越王台。

夏日村居

竹路柴门外，槿篱流水边。
睡酣闲度日，坐久倦听蝉。
过市沽蛮酒，吟诗费蜀笺。
地偏无客到，独醉落花天。

发茂名

昔从清远去，今自茂名还。
远道初临海，平原渐入山。
泊车红日暮，极目白鸥闲。
待剪西窗烛，酒阑情更悭。

采桑子·春残

东风渐老凭谁惜，柳色如烟，草色如烟，紫楝花开正可怜。

万金难买春光驻，才散榆钱，又着荷钱，恼煞催归野杜鹃。

◎ 李建新

除 夕

礼物无须重，回家即有情。
老人今夜盼，儿女扣门声。

◎ 李　静

春　阶

伞放新花随雨开，风掀衣袂脚沾苔。
春阶千叠如琴键，又把流光弹一回。

车途见落日

安排暮野作球场，老树躬身势欲张。
风哨一声云脚起，山门已破入苍茫。

题平桥石坝

俯看镜湖千顷明，訇然奔泻万山惊。
世间几个如君似，低处飞扬高处平。

光明村道中遇雨

欲探奇峰骤雨倾，车如舟楫动江声。
桃源岂许人轻入，洗尽尘心才放行。

天目湖湿地

暖日晴云草木繁，水开明镜映亭轩。
行来万物成双影，春到江南翻一番。

偕众诗友游罗浮山

迥秀无人境，奔来矫若龙。
松阴深一径，云气锁千峰。
有鹤旧相识，与仙曾此逢。
心生出尘想，许我访前踪。

定风波·雨中登合江楼

雨送新凉万里秋，两江合处拱雄楼。云起苍茫天贴水，遥视，虹桥飞落饮奔流。

曲曲栏杆曾记否？昏昼，当年拍上几多愁。延伫不知衣湿透，回首，苏仙招饮在楼头。

◎ 李克山

与石台诗友游秋浦河

一线龙盘远近堤，山川元气转望迷。
天连沙尾舟初度，水拥滩头云正低。
野鸟时来深树上，余阳已在乱峰西。
客身徐向画中过，有字不妨襟上题。

◎ 李　雷

院　竹

院竹凉荫秀，生风声韵嘉。
月光如妙手，剪影一窗花。

◎ 李荣聪

闻尤儿自美飞新加坡

天路颠连第几层，孤飞星汉夜如冰。
过中国看舷窗外，云下巴山有一灯。

◎ 李瑞河

登岳麓山未果

星城灯火已阑珊，爱晚亭前折步还。
岂是路长无脚力，名山不忍囫囵看。

登宁海城

夙梦终圆正遇秋，孤身负手老龙头。
风来瀚海涛声壮，日散阴云雨色收。
草木犹青寒绝塞，干戈早息剩危楼。
清游莫起兴亡叹，且看轻舟逐乱流。

重阳再上滕阁

风景于人不算贪，故教踪迹遍江南。
又登杰阁逢重九，更忆华章诵再三。
素志托诸鸥鹭白，闲情散与水天蓝。
清游若问余何物，只有浇肠一味甘。

◎ 李伟亮

所　见

最爱凌霄六月开，烟霞无赖满楼台。
新藤未占溪前石，偶有青龟晒背来。

登建昌古城

斜阳古树识荒城，坐镇西南望帝京。
六百年间人物老，登临又见暮云生。

庚子秋谒杭州岳王庙

三字风波说未休，斜阳古柏冷于秋。
我来不忆江南好，珍重名湖土一丘。

临江仙·庚子秋游湘湖

秋水长堤远卧，秋风画舫徐行。藕芳桥外雨初停。一篙山色里，一种旧心情。

与有缘人闲话，真无碍处忘形。转头已过小廊亭。忽看江鹭白，划破越堤青。

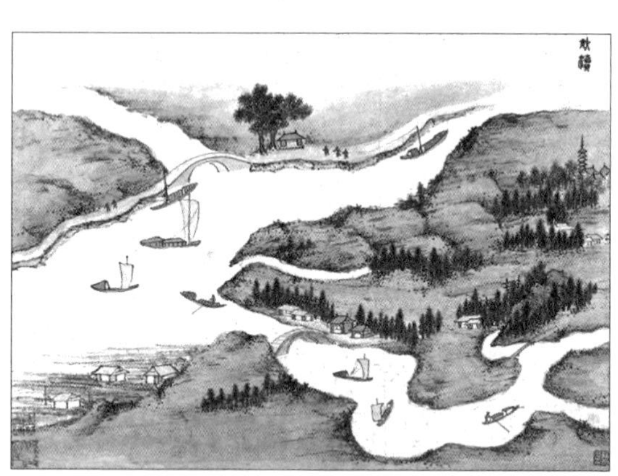

◎ 李蔚斌

过峡口

腊阳时节日翻新，谁解等闲劳碌人。
暮出巴州朝到楚，扣舷排闼一江春。

挂职甘肃廿载有寄诸君

西北望穿沙，骋怀何复加。
陇梅先解语，塞雪早飞花。
视事非宾客，修身即府衙。
廿年凭四顾，双鬓各生华。

初冬印象

又向横塘路，无从浣旧襟。
浅根摇麈尾，残叶漏荷心。
唳处三秋尽，啼时寸草侵。
要知新万象，宾去客来临。

冬临夷陵江防古军垒感怀

半腾寒日峡江中，侧耳如闻鼙鼓风。
人造江花今胜昔，天生石窟鬼犹雄。
残碑呜咽三游洞，危卵绵延百足虫。
还怕承平时愈久，硝烟往事转头空。

癸卯冬日过奉节登白帝城并和江岚兄

大王旗卷锦帆过，遗梦廊桥是劫波。
代有白辞碑额少，时无玄德庑檐多。
逆风而去孤飞鹤，残局谁同旧烂柯。
冷对夔门江畔月，一尊还酹又如何。

◎ 李文武

潇湘寄情

漫踏青莎忘采薇，聊随晚树弄斜晖。
满江红浪鹭鸥逐，遍地锦茵蜂蝶飞。
自顾空空已投老，何当得得再旋归。
尘蒙世路潇湘去，莫厌高情一布衣。

◎ 李显彬

夜过西湖白堤

入夜熏风摇白堤，孤山睡在画堂西。
塘荷最是无人管，十里青红站不齐。

◎ 李 英

癸卯母亲节翻看母亲年轻时所绣牡丹花

一回目睹一辛酸，每自摩挲至夜阑。
补陋光阴添彩线，缝虚富贵缀绫纨。
心开敞圃花无谢，梦驻春枝忆未残。
几朵蕾苞如蜡烛，替娘陪到五更寒。

◎ 梁积宏

车行黔南

夜宿黔南将北游，苗家乌饭备中秋。
分明皎皎故园月，挂在他乡吊脚楼。

◎ 梁景启

题友人画

水国银鳞动，潭心绿影摇。
何人吹玉笛，定格太平桥。

◎ 梁妙玉

停　电

笔健书斋小，夜来光线昏。
窗前人不寐，坐等月敲门。

水月谣

一季春风到小桥，银辉款款下青霄。
月儿扑进江心里，荡起相思千万条。

雅　兴

山中雨后玉生烟，蛱蝶飞飞落我肩。
掬朵兰花头上戴，携她共舞小春天。

◎ 梁之康

登广信塔

独自凌空起，凭高景万千。
日边云扑眼，城外岭齐肩。
西接苍梧水，中分粤桂天。
道来归汉事，无尽感时迁。

注：广信，古县名，属苍梧郡，取汉武帝诏曰“初开南粤地，宜广布恩信”之意。两广之“广”字即源于此，以广信为分界，广信之东谓广东，广信之西谓广西。

◎ 廖志斌

退休五年感吟

归田又发五枝春，万里山川作近邻。
夜静唐诗开一卷，头衔只剩读书人。

◎ 林如月

虞美人·白梅

分明不是人间色，亭立清无极。风中昨夜一枝开，玉骨雪颜引得月侵阶。

漫听横笛吹三弄，香恼诗心动。案前拈句写天真，寄与眼前多少识花人。

◎ 林万平

漫　步

虹桥漫步几时还，亲近何如柳一湾。
古树阴中行客少，小潢河畔去鸥闲。
消磨世事流年里，寄托尘怀逝水间。
三五知音林上鸟，斜晖听取语关关。

◎ 凌泽欣

次韵和虞廷兄少陵韵

岁月东流趣更宽，老来有味是清欢。
两杯新酿才邀客，七品芝麻早弃冠。
陶菊秋深依旧傲，重阳雨后未曾寒。
好诗吟罢犹三改，留着他年带笑看。

仙女山大草原偶题

小火车开绿映红，欢声只合送儿童。
苍鹰旋绕高空里，野马悠闲深树中。
客逗山羊甜蜜蜜，草铺地毯绿绒绒。
游人原上勾留久，尽说欧洲像武隆。

江北村李花节

万株艳李压桃秾，遍野菲菲二月中。
树为寒晖凝白雪，山因淑气聚东风。
初芽正借枯枝绿，俗客先输醉脸红。
粉蝶沾衣挥不得，入乡要做护花翁。

壬辰除夜

联书祥瑞配门神，笔走龙蛇又一春。
北雪消寒乡思旧，东风送暖岁华新。
烟花漫舞惊天地，腊鼓频催换巳辰。
俯仰之间除夜过，重开瓮酒品香醇。

◎ 刘安坤

瓜　农

承传几代育甜秧，产业兴隆瓜事忙。
香蔓一棚缠富裕，小村梦想被抻长。

送　别

问儿何事去匆忙，挥手无遮泪两行。
千里征途心作伴，亲情拉走一提箱。

◎ 刘红霞

旧日四首

白水泛青莲，玉弓初上弦。
一声歌欸乃，万点夜萤翩。

结伴采莲蓬，无邪乐不穷。
娘亲唤归处，一抹夕阳红。

云开一天碧，风动一池荷。
稚子排排坐，齐声读咏鹅。

梦回归故里，正值藕花红。
君子同舟侣，吟哦东复东。

水龙吟·访瓢泉遗怀和“稼轩何必长贫”韵

我今来访瓢泉，满怀幽绪翻如泻。一勺而饮，一箪而食，独居茅舍。伫倚长松，坐听风雨，廿年过也。更深宵还梦，金戈铁马，凭栏处、真狂者。

千古纷纭堪讶。笑英雄、情多恩寡。空余孤愤，老怀耽酒，功名尽罢。幸有林泉，清波濯发，闲云飘瓦。似渊明与共，行歌佐酒，卧东篱下。

◎ 刘鲁宁

下　山

车到庐山下，溪边容小停。
纤纤一泓水，犹染万峰青。

观　湖

茗坐西湖畔，南风香满亭。
云低塔留白，岭近雨涵青。
垂袖柳高士，横眸荷妙龄。
问禅无道济，山水是真经。

◎ 刘能英

定风波·丁酉年北漂札记之二

对镜匆匆柳叶描，拍腮揉眼倦才消。红日五更迟不出，我出，横穿马路挤公交。

走走停停多少站？十站，转车再往四通桥。堵得上班时点过，难过，一天元气大萧条。

过秦楼·秋兴

万里云穷，万山红遍，万顷碧波初冷。槐分浅韵，桂扑浓香，各自慢摇清影。连夕晓雾难开，西北寒流，东南霜应。叹飘零一叶，魂牵何处，楚天荆岭。

回首又、半壁诗书，半生劳顿，半数不堪重省。梅花弄曲，玉笛催归，总在夜深人静。侬语叮咛再三，离合随缘，死生由命。看江滩苇草，白发风骚独领。

摊破浣溪沙·野趣

为采池边那朵花，草虫惊我我惊他。偶见槐阴陡坡下，有西瓜。

解带抛衣斜过坎，屏声敛气倒攀崖。隔岸却闻村妇喊：小心呀。

生查子·稚子数星星

上元观月时，忽听儿呼母，惊报一星星，隐在东南处。

转头西北望，复报三和五。良久不曾言，再报无从数。

闺蜜命赋其女生日歌

祝你生日快乐，祝你生日快乐。九月初三一回首，三十二年恍如昨。襁褓即自娱，啊哦咿呜吁。百天骨渐硬，半岁知不愚。拒亲伯与舅，索抱姨和姑。一岁生日宴，抓周要人扶。眼瞅开心果，手握开光珠。十岁生日宴，咏絮才吟离亭燕。二十生日宴，异乡自煮长寿面。三十生日宴，蛋糕独切视频炫。寡母观之老泪垂，垂泪乞媒牵红线。红线千里百条牵，面都不见何以恋。世人纷劝母心宽，母心长叹世道变。去岁生日又相催，语音不接信不回。今岁生日黯然过，临屏默唱生日歌。祝你生日快乐，祝你生日快乐。祝你良人今有遇，祝你余生终有托。

新 居

东郊有高楼，顶层吾之属。帝苑近相邻，津门遥能瞩。首付三十三，余款余生赎。一室配一厅，起居毋拘束。皓月清辉分，晴日阳光浴。隔窗雨可听，开窗云可触。风去世尘稀，雾来仙气足。五色烟霞残，七彩霓虹续。移土覆天台，种花亦种粟。招蝶以当差，雇蜂以为仆。花香沁芝兰，粟玉度鸿鹄。无意收与成，只此青和绿。怡人性和情，弃其利与欲。闲摆棋盘棋，自弈未了局。倦坐摇椅摇，自哼催眠曲。身心安于兹，安得不脱俗。

◎ 刘清天

庚子清明未归

节到清明独晏眠，醒来白日照床前。
此时遥念家山路，油菜花高应比肩。

◎ 刘仁平

无　题

夜深难释怀，踱步到阳台。
老屋那轮月，又追城里来。

西江月·父亲

还是那双鞋子，仍穿那件衣裳。眼窝深陷蕴慈光，总在梦中相望。

为挡一家风雨，不知病入膏肓。别离那日痛难当，岁岁年年回放。

◎ 刘小林

忆童年打水漂

倒映白云溪更清，水漂划过荡欢声。
纤纤小手虚无力，却把山尖能削平。

忆 童 年

常把开心送上天，风筝放到白云边。
小丫游戏手牵手，二狗去来肩并肩。
一截枯枝当作炮，两张黄叶卷成烟。
蹉跎岁月怕回首，童趣翩翩慰暮年。

◎ 卢贤德

二塘沟观景

村溪蹚过入山南，一壑松风卷翠岚。
纵把危崖都踏尽，好花才睹十之三。

雨后过皇城草原

牧歌款款草风轻，谁赶牛羊画里行。
一片溪云如彩布，把天擦得亮晶晶。

与何鹤孙文煜游青海湖

草青青又水蓝蓝，千里驱驰游兴酣。
天路逶迤诗可越，仙山飘渺梦常探。
与云交契闲鸥近，向海传情远岫涵。
已忘归程停驷马，毡房飘处欲巡三。

◎ 卢玉莲

水调歌头·登济宁太白楼

诗酒笑谈处，雅集亦寻常。试看文墨行迹，留得几篇章。仰慕风骚才调，慨叹疏狂桀傲，今古藐沧浪。伯仲孰人者，群玉羡昂藏。

别天姥，攀蜀道，忆铿锵。只帆远影，潭水千尺感情长。吟味何从何止，骋目无涯无际，竟日漫由缰。大醉焉须醒，伊侧更伊旁。

◎ 陆玉梅

惠州西湖六如亭

谁伴先生作起居，一堂风月半堂书。
水浮蘋草孤山寂，袖冷梅花小字初。
苏子词虽多放逸，美人冢已剩清虚。
三年大梦且归去，心在菩提证六如。

偶感

意兴寥寥诗已疏，西风犹共闭门居。
一秋了了唯贪睡，半月劳劳未读书。
招饮或从前日减，看花不似那年初。
卿卿莫问腰围事，怕食肥甘只食蔬。

虞美人

星星鬓鬓眉峰老。一夜霜风早。殷勤嘱与著寒衣。遥望秋山秋水、是归期。

梧桐滴露成清响。故故生惆怅。廿年客梦在平湖。旧事何妨了了、不堪书。

◎ 罗小明

参常乐寺

峰涧逶迤路九纡，紫云轻合半虚无。
风摇檐角敲龙佩，藤绕墙头画虎符。
帐幔长盈香火气，神龛多挂圣贤图。
且随世态参玄妙，也种莲花三两株。

◎ 马斗全

忆数曾霍山九日登高

遥望霍岳总相亲，太息因循渐老身。
空累清霄岩畔菊，年年九日待诗人。

澄迈海滨闲吟

伫对坡仙过海处，千年往事一欷歔。
昔时风鼓今时浪，水冷沙荒夕照余。

并　门

并门不似镜湖滨，移住居然二十春。
两鬓霜毛知渐老，一身傲骨合长贫。
赏心山水亲曾少，得意文章记未真。
还喜闲情差可慰，交游大半是诗人。

至海南已匝月寄京中亲友

身似征鸿信所之，海风怪我到来迟。
窗多明月花枝上，梦在清晨雾雨时。
岁序蹉跎慵看镜，生涯散漫但吟诗。
长安消息真和假，一例休传此老知。

◎ 孟祥荣

中秋迟月寄感

人在廊间坐，月于云上圆。
悬知夜台下，阿母亦无眠。

游鹰潭龙虎山

天师仙去后，未晓住何山。
龙虎非鸡犬，至今留此间。

题远安黄茶

鹿苑春风好，清溪乳窟寒。
翠云凝凤髓，晴雪孕龙团。
调色三秋菊，分香九畹兰。
何须共禅味，但得远人安。

过衡阳

去住三湘隔，往还皆可伤。
中心怀稚子，故国别高堂。
车缓知城近，人悲觉路长。
恐惊初宿雁，未敢入衡阳。

云冈石窟

烟尘一骑入云中，石窟排山望不穷。
北魏以来开净土，西天之外嗣宗风。
拈花未止苍生劫，济世谁教黑法空。
欲上危崖朝万像，灵光正与月光逢。

念奴娇·送人还楚

海天绀碧，正玄霜侵晓，故人分袂。一片寒声车影远，知向楚关湘垒。南岭峰高，长沙宅旧，湖在巴陵外。九歌吟处，屈平曾此憔悴。

谁肯步屧江干，问西陵峡口，老梅花未？我自愁深谁念我，空见冻风无寐。游目何伤，有孤云去日，紫荆纷坠。黯然杯盏，那堪辛辣滋味。

念奴娇·登席帽山，山在江门西郊

青山无主，更寒冬寂寞，约来吾辈。任自绪风吹小帽，好与酒人联袂。远水光涵，高城绿暗，四下浮空翠。置身苍莽，回看斜日鸦背。

尽道攀不言高，人为峰最，岂是登临意。应觅村醪消块垒，合著天涯滋味。越石清笳，孙登坐对，后继知谁起。长林无语，明蟾初上天际。

◎ 孟祥文

塞北初秋

旷野秋烟里，平原晓露中。
地分南北远，客过往来通。
雨后蒹葭绿，晴初菡萏红。
空余残暑热，疏影待西风。

◎ 纳博丸

山　行

云气生山脊，岩溪断客踪。
林梢惊野鸟，石缝插深松。
遐步青苔径，遥闻古寺钟。
阶前问樵子，犹隔二三峰。

◎ 南广勋

【仙吕·锦橙梅】山里人家

遮柴门一架瓜，绕篱墙一圈花，如狮似虎小“京巴”，酣睡在槐荫下。婆婆穿着马甲，怀中揽着孙娃，看着山守着家，盼归鸦，年初要盼到歇年假。

【中吕·山坡羊】深秋和老妻散步

夕阳斜挂，苍山涂蜡，“无边落木萧萧下”。看残花，望归鸦，挨肩拉手说情话：“我未孤鳏卿未寡。春，不恋它；冬，不怕它。”

【中吕·山坡羊】屋檐之下

屋檐之下，地方不大，啣泥啄土窝搭罢。盼新家，有新家，新婚燕子说情话。蜜语呢喃说的啥？他，说爱她；她，说“恨”他。

◎ 彭诗云

清平乐·雪夜

青梅煮酒，新雪黄昏后。炉火初红翻翠袖，犬左狸奴在右。

当时只道寻常，今宵独坐炉旁。还是青梅煮酒，窗前雪又纷扬。

临江仙·忆儿时游戏挤油渣

小院阶铺三尺雪，乖乖冷煞村童。衣单鞋破灌寒风。相呼墙角里，挤到一团中。

挤到三番头冒汗，丫丫花脸通红。欢声惊鹊上云空。而今回想起，谁道那时穷？

◎ 沁园春

初夏即景

谷鸟纷喧蛱蝶翩，榴花照眼斗明鲜。
与君坐在东窗下，月满庭廊雪满肩。

◎ 青萍斋

梦回故园不得进

禽声寥落应门迟，杨柳秋风袅袅丝。
自顾身犹悲不觉，原来为客已多时。

◎ 邱才扬

鹧鸪天·有巢氏故里

一棹江声月影摇，谁凭大树作营巢？凌家滩上鸥声伴，洗耳池中霞色飘。

横楚塞，听吴箫。人间天上几迢遥。青山不老应堪证，万古烟波涨落潮。

浣溪沙·游乌镇

瓦黛砖青古巷深，朱门板屋石街临。小桥流水绿杨阴。

波荡乌篷云惬意，光摇碧落月行吟。隔楼时听越吴音。

◎ 邱秀蓉

临江仙·走进新疆喀纳斯

翠嶂苍林环碧水，花飞蝶舞蜂鸣。穿红度绿画中行。远峰披白雪，沃野草青青。

阆苑春深深似海，牛羊骏马相迎。何人牧笛诉衷情？炊烟升木屋，湖畔踏歌声。

◎屈　杰

鹧鸪天·卢沟桥望月

月姊居天恨亦浓，国觞岂逐水流东。娥眉叹息烟熏黑，玉面惊看血染红。

湔碧汉，沐清风，伤心难复旧时容。从兹不度扶桑去，长驻云霄报警钟！

浣溪纱·靖港街头小店品茶

客馆悠然对夕曛，擂茶味好属闲人。浮生谁不似行云？

已乏雄心开骏业，且抛倦眼向红尘。可怜正是眼前春。

◎ 冉长春

百 岛 湖

绿树参差漏日斜，炊烟岛上有人家。
蓝裙一袭扁舟熨，几处镶金是菊花。

见妻白发初生

公园长凳那年同，五指摩挲秀发丛。
讶一银丝偏不说，轻轻拨入夕阳红。

◎ 任四维

陆溪河深秋即景

清溪玉带绕农家，枫叶烧红两岸霞。
划破寒波凭一棹，谁惊野鸭入芦花。

冬至感怀

今日逢冬至，衰翁独寂然。
空巢忧过节，病体怕增年。
风疾林飞雪，愁多夜失眠。
梅开家岭上，香绕陆溪边。

◎ 沈华维

千峡湖泛舟

玉带花溪涨，应知竹雨来。
山排仪仗队，船作阅兵台。
小憩为佳尔，高吟亦快哉。
忽惊鸣笛处，一对鹭飞回。

◎ 拾 雨

夏往罗星洲观音寺，入岛，渡轮载客唯吾一人尔

行到城南又一湾，烟光澹处泊禅关。
迎门松竹重重碧，逐浪禽鱼日日闲。
宝阁昔谁观世界，快舟我独放蓬山。
飘摇风绪无常住，知在云间或水间。

五月山行

胜境何年天斧开，千阶迂曲向高台。
灵泉探道声遥引，花树无名香任猜。
调寄松崖乘浩荡，云游霞岭越崔嵬。
庶几神会空山雨，莽莽青烟襟上来。

清明霁望

阔野流云际远山，盈盈春水涨前湾。
桐华收雨香微冷，鹃鸟催人语不闲。
四面风来青瓦上，百年影过琐窗间。
世尘多少丘园梦，深付江南未肯还。

◎ 宋彩霞

玉门关怀古

拒马枪中走百遭，汉唐明月挂楼高。
春风已解黄羊套，不用当年环首刀。

菩萨蛮·又到萧山

萧山容易江潮得，生涯只是人南北。渔浦旧曾游，清音总未休。

人生忙亦好，未觉催人老。看那彩云开，诗风天上来。

◎ 宋善岭

水果摊前

手未抬时眼已挑，黄橙金橘紫葡萄。
客怀偏爱家乡味，纵是砀山梨价高。

偶　感

卜屋山前住，鸟声频入怀。
浮名随梦断，往事被云埋。
心静翻闲卷，睡浓眠小斋。
人生宽窄路，都是好安排。

读淮塔前烈士名录

读罢序言心已酸，面朝高塔思千般。
都知一战乾坤定，谁晓九冬冰雪寒。
携手能将山放倒，为民肯把血流干。
英雄不死也应是，满屋儿孙膝下欢。

◎宋　旭

登石钟山

奥妙奇音金石声，覆钟鼓浪得其名。
千寻崖壑怜幽邃，两色江湖辨浊清。
扼险天然成锁钥，临风造化感生平。
前人屐齿留胜迹，跨越时空任意行。

过湖口大孤山

鄱阳仙子坠青鞋，水绕山浮一鉴开。
明月初升形窈窕，灵槎欲发意徘徊。
缤纷传说前人去，络绎登临后者来。
鸟集云眠成妙境，烟波浩渺小蓬莱。

◎ 宋绪武

隔屏送友远游

遥对南天引玉樽，送君千里别家门。
彩云归去凭谁系，心有无形丝一痕。

◎苏　俊

京城见飘絮

絮飞无处不撩人，漫向宫沟认后身。
欲被苍生风未许，夜来吹作帝京尘。

过西华门

红墙尚抱帝王家，柳失东风未改斜。
六百余番春闹处，听来不过几声鸦。

香山寺

路入唐时寺，披云访石屏。
松盘龙听法，僧立鹤谈经。
日脚微沉紫，山头不剃青。
无风花自堕，香雾湿空庭。

虞美人·仿竹山听雨为人歌此调

芙蓉盖与芭蕉叶。一夜声交接。少年贪睡不曾听。滴上心来始觉雨多情。

多情恰似还珠泪。化作楼前水。楼前江水向东流。流到天穷地尽莫回头。

念奴娇·中秋词

群山醒了，看鸦青幕上、飞来琼阙。人在虚空天在水，不放片云轻缀。鹤背风清，鸾箫声脆，满手光如雪。神行八表，昔游无此奇绝。

曾见太白骑鲸，东坡酹酒，只有当头月。后五百年谁为我，起唱念奴新阕。肩拍洪崖，花探玄圃，尽散萧萧发。翩然归去，一江蟾影明灭。

金缕曲·见双鹊偶止窗前，意态缠绵，移时未去

偶傍妆台驻。试听他，商量底事，颈边低语。万絮千叨犹未了，何似人间儿女。都一种、情深若许。双宿双飞尘外客，想前生定在瑶池住。缘不绝，结仙侣。

应怜世上多风雨。便从今，东西南北，好相将去。遍地网罗须早避，况又天寒岁暮。拼共受、般般甘苦。守得春来重见面，愿眼中嬉戏还如故。更为尔，唱金缕。

◎ 隋晓理

春江晚景

烟水空蒙隐翠微，江村几处晚舟归。
渔歌一曲青云上，惊起成群白鹭飞。

◎ 孙风起

边　墙

贺兰山云望沉沉，贺兰山头欲飞雪。一展荒莽榛无涯，边墙蜿蜒犹横列。塞风斥耳酸两眸，料峭于此硬于铁。板筑旧势今何颓，阒寂已久讵复说。败坏剥蚀辨崔嵬，腥发裸土味如血。彼时斜光衬弯刀，马蹄频踏尘将裂。日下狼烟北天暗，茫茫长河因之咽。传响隔空闻胡声，几三百载未曾绝。凭临阐思为一瞬，鬼影幢幢时幻灭。地下白骨不知家，哭笑寒热啜孤孑。依约堠燧站戍卒，念斯我心转凄切。

题《富春山居图》

大痴归来看山水，经年饱看心不已。富春江上坐清风，便想移此入画里。磅礴之势构于心，亹亹一发何能止。烟云幻变奇之奇，湿笔披麻皴落纸。浑厚阔远色苍茫，萧疏意境看云起。静谧万物纵遐思，繁华剥落优游以。枯润混成具天真，淡墨重笔观止耳。曾想画成六百年，历历劫难乃多诡。巧取豪夺箧阴藏，火焚葬殉几近毁。惜哉残后因二分，时运多舛尚流徙。更遭家国丧乱频，各自天涯难没齿。无用师卷剩山图，每念悲恸心欲死。

◎ 孙金山

秋 雨

空中去雁不留痕，木叶纷纷落满村。
正是无边秋色里，一人听雨到黄昏。

白 露

天高流火去，白露滴秋声。
野柿添霜色，汀葭见雁征。
穷通皆一世，安好各余生。
适意无风雨，吾将餐菊英。

◎ 孙立中

夏　日

夏日门前满树蝉，山村十里不同天。
青溪午后涨新水，朗朗晴空知雨偏。

◎ 唐颢宇

灵岩断肠崖

绝崖立此兆穷途，四望山高海数枯。
久作周旋谁是我，方知契阔碧成朱。
花丛取次往千万，剑冢留人号独孤。
一梦未醒天已老，飘摇烟雨满江湖。

雪

风流不待与人期，趁夜翩然满故枝。
梅以寒高坼开小，诗因手冷写成迟。
行藏岂必共君子，笔墨翻嫌劳画师。
便化泥尘泽下土，一生洁白要谁知。

合掌峰观音洞

万岩缭乱争献状，翠岚四涌嵂森爽。细雨远从天际来，满院风泉随雨涨。雁山地脉气果奇，凭空竖立峰如掌。名蓝瓴出两掌间，琉璃几处看须仰。仰首精舍见不全，高衔飞檐入仙仗。法云交聚笔生花，佛火深悬珠在蚌。磴道盘旋入云深，溟蒙但浮僧语响。忽惊宿鸟投足下，信是石级通天上。幽沉唯借灯烛辉，九层夹筑连宵壤。泉名洗心在山清，其源庄严坛方讲。临空歇脚湿云合，如坐高瓮居深巷。两崖直欲抱微躯，谁为奋力扃岫幌。回看天光一线余，峰峦苍碧瀑垂项。我生不亦在掌中，壁垒林林皆尘障。自喜身蹈祇陀园，不知山阔江流广。曲径下来闻暮钟，令人猛省当头棒。

寺门畔草丛中寻得小桃歌

簌簌暖香低欲坠。引我看来弹粉泪。看桃人着红衣裳，劳燕双飞微雨地。素知君最宜室家，缘何独圻傍山寺。傍寺夭桃与我同。寂寞春阴少蝶蜂。避僧复避寻芳客，掩映藏身深草中。深藏开谢有谁探。逐日绿肥红渐暗。默然静想两无言，花倚东风人倚槛。我立花前长若痴。问花可也逃相思。云峰冷落幽灯里，钟鼓萧条薄暮时。立久心定将通玄。翻嘲花亦学枯禅。忽听一声鸟鸣涧，此情此境早惘然。

夜　雨

今朝坐高斋，忽觉春气起。
空廊滴山雨，清芬侵窗纸。
林表隔纱灯，晕黄檐下水。
微物动相思，在夕念君子。

醉翁操

空舟，无由，悠悠。蹑莲钩，回头。唯看石间灯笼幽。晓山青郁如浮。棋局收。芍药绕妆楼。远树层叠层稠。

偶然一顾，知此生休。可怜慧极，从此深罹爱忧。人有情时勾留。狐有情时天囚。狐心方会愁。狐将生生投。一死做君裘。换君身暖亦绸缪。

木兰花·初夏过门外海棠

殷勤留待明年信。今岁已休休更问。绿肥红瘦古深知，缘浅情深人共恨。

萧条我亦凋双鬓。镜里朱颜行失尽。羡君尚有明年花，老去空悲如转瞬。

◎ 田 遨

鹊桥仙·太湖石旁留影

石顽如我，我痴如石，偶尔相逢一笑。石兄怪我太温文，我也怪、石兄孤傲。

云根万古，人生短暂，难得同留小照。相依相契刹那间，便抵得、天荒地老。

◎ 田瑞宝

燕 归 来

梁上新归燕，叽喳叫不停。
别离多少事，讲给主人听。

◎ 桐　荫

瓶中小菊

久住东篱下，移香供胆瓶。
白衣酒难荐，金屋昼长扃。
晓梦千山远，秋声一枕听。
偶然逢蛱蝶，栩栩带余馨。

◎ 王聪颖

过海棠山夹扁石

双石迎头欲夹人，老腰到此愈难伸。
逢山总要朝前走，该侧身时但侧身。

◎ 王红娟

浣溪沙·成都望江楼

一碧横波眼底真，几回猜想泛粼粼。望江楼上望江人。

应有浣花溪畔月，来怜枯水井边尘。芳魂只与竹为邻。

祝英台近·2019 元旦前一日

旧斜阳，新日历，百感正交集。怕数年轮，怕箭漏频滴。怕它残雪窗前，人儿一个，恍梦里，落花轻拾。

试吟笔，记些春暖春寒，记疏又删毕。苦短生涯，鬓已染霜白。能消多少风云，自应怜惜，笑晏晏，将闲愁拍。

◎ 王金送

夏日山居杂兴

梅雨霖霪渐放晴，疏篱陌上听流莺。
珠榴绽蕊浑如焰，烟柳垂丝别有情。
一韵成吟分月色，三更入梦枕溪声。
结庐还是乡隅里，丰草长林遂此生。

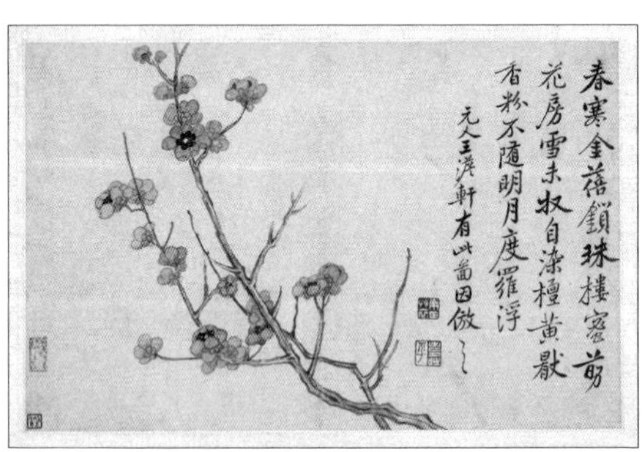

◎ 王连生

游卦山玄中寺

净土何由达，清游揽赤松。
云闲栖在树，僧坐老于峰。
一悟天人合，无论佛道从。
山禽伴秋草，竟日待疏钟。

注：寺为佛教净土宗祖庭，山形似道家八卦之势。

中秋望月

千古家山月，今宵三处看。
蟾光浮大海，桂影下长安。
立久欣云散，思归觉露寒。
天涯生百感，只合说清欢。

注：吾家三代散居于晋、粤、秦三地。

◎王　勤

春　柳

不负东君意，剪成三月天。
绿腰轻带雨，青眼远含烟。
燕啄风中絮，风弹陌上弦。
生来娇俏态，非为占春先。

鹧鸪天·采茶姑娘

百亩春光五色裙。东风作嫁绿衣新。雨前嫩叶同侪侣，眼底青山是比邻。

歌起落，气氤氲。含烟啜碧意微醺。灵芽摘下千千片，一篓清香一篓云。

◎ 王永全

村口话别

霜飞一夜云天冷，行色匆匆上省城。
转角回头娘在望，银丝风动语无声。

◎ 王贞友

记路边一卖自产柑橘老农

来自僻乡挑进城，奈何半日客凄清。
黄昏忽下霏霏雨，淋湿村翁叫卖声。

◎ 韦树定

十一月初九夜北京西站送老母返桂六首选五

其　一

居京大不易，母子慨然慨。母才居数月，子已客八载。春秋谋稻粱，风雪日弗怠。子壮母渐衰，哪能割养爱。赁居同一檐，终夕见影背。计拙两困顿，屋小气幽晦。壮心日消沉，反哺力不逮。站台送母归，背影望安在？寒风吞声歌，消失在人海。

其　二

人子三十二，人母五十九。壮者不如人，老者日衰朽。子愿母成钢，母催子娶妇。想法益偏颇，代沟益牢久。一触即纷争，那得钳两口。嚷嚷同数月，此夕终挥手。各自归沉寂，无净亦无垢。壮怀聊复尔，天命知何有。

其　三

老母无长技，桂岭事农桑。奋力从稼穑，田园尽开荒。既老复多病，子女忧茫茫。好友长怜悯，告以两全方。入京荐一职，谋食饭馆旁。与子成照应，存钱备买房。谁知肘生柳，忽而脊发芒。辞职就医归，血汗漂汤汤。一路高楼影，何啻荆棘场。

其　四

白日独闲暇，公园销寂寞。众人有擅场，老母在角落。人歌神已扬，母心卑且弱。忽有陌生婆，前母与言乐。谈笑喧寒暖，渐解母心缚。忽劝齐投资，理财以为约。还家告子女，惊知陷阱幕。叹此美园林，人心隔丘壑。

其　五

岁晚北风疾，游目站台间。生民各奔波，碌碌谁息肩。灯影照出入，车声正喧阗。国家日强盛，吾道属艰难。欲与母同归，那忍独蹒跚。又思脱贫计，那忍弃攻坚。徘徊不能去，我心如膏煎。

◎ 无以为名

旅次商州

导洛经熊耳，城依四皓山。
土肥连楚地，江怒出秦关。
兵燹哀鸿外，民风秣马间。
引杯来夜话，酒尽客忘还。

游大散关

落日浮苍莽，秋风大散关。
一隅垂直路，四面等高山。
栈为韩谋设，鸦衔宋矢还。
兴亡千古事，都在锁喉间。

早　春

淑气催荒木，惊雷醒蛰鳞。
眼中风物志，天下织耕人。
地试拖犁犊，蚕攒沤纻春。
一年之计远，贵在不闲身。

抚琴用赵普制琴曲《雪窗夜话》事

世有希声乃大音，仁山智水演孤心。
斵前岁月根于地，爨后精神活在琴。
雪就话来窗不夜，魂随曲散竹成林。
手挥目送高台上，一片宫商识浅深。

咏　山

壁立难移置屋牢，嶙峋气宇镇周遭。
兴亡不粟岩溪隐，草木曾兵鸟径逃。
忍蓄奇书传以后，幸埋忠骨仰其高。
挟之超海神仙事，九点烟微俯视豪。

游秦岭韩文公祠

八代文衰起一人，立祠秦岭表儒臣。
云兴韩海心空沸，雪黜皇天胆未沦。
佞佛岂容言谏切，说师偏以道存真。
蓝关匹马今犹在，敢问谁来步后尘。

◎ 吴　瑾

题杭州张苍水墓

胡尘南下虎狼师，野望惊心痛鼎移。
大厦难支生尽瘁，孤臣欲挽死何辞。
风翻义帜舟山渡，血染蛮笺绝命诗。
西子湖边三冢列，涛声岳色总相宜。

◎ 吴　楠

沁园春·听朴树歌曲《生如夏花》有感

我是狂飙，我是惊雷，我是火花。是眼前一瞬，霎时闪耀，梦中百态，暗自嗟呀。点检当年，沉吟昨日，急雨曾经叩铁纱。听呼啸，竟可从摇滚，想到琵琶。

红尘多少繁华，对今夜层楼小月牙。爱潇潇洒洒，登山临水，痴痴笑笑，煮酒烹茶。目睹风云，心怀炽烈，万古功名何足夸！思量罢，看脱缰野马，掣电鲸鲨。

◎吴 戌

松

三径就荒多，北风其奈何。
青皮连腠理，白雪坠枝柯。
劲拔怀雄志，高标护女萝。
孤云闲鹤至，烟杪大夫歌。

◎ 吴雪芬

九月十五谒广德寺

节近涅槃日，来朝观世音。
石边禅字湿，云外磬声沉。
法雨消忧喜，山容渺古今。
回眸僧语处，香火入云深。

注：广德寺为海内著名观音道场。又，相传九月十九为观世音涅槃日。

登泰山

万仞烟霞止复行，才经雨雾又翻晴。
云如潮水飘无定，路似人心叠未平。
破胆削崖千状险，入怀岚气十分清。
登高放眼流连久，哪怕寒从足底生。

子昂读书台

万里寻幽上古台，老榕如伞向人开。
九秋岚气萧萧起，一阁江声故故来。
前后诗篇成绝响，往还骚客有余哀。
迎眸雁字浮天际，亦写陈公八斗才。

咏青钱神茶

轻肥嫩绿各清奇，信是仙风圣雨滋。
铺百丈青云泼墨，蘸千滴露月题诗。
壶中冷暖情难了，梦里悲欢觉已迟。
幸有灵山藏玉茗，新芽朵朵解春思。

南岳大庙

占得江南古迹魁，蛟龙八百镇云雷。
重门九进香烟动，老树千年紫翠堆。
大庙能容儒释道，浮生独爱竹兰梅。
清风信已通灵性，故遣玄音洗耳来。

注：南岳大庙分为九进四重院落，儒、释、道三教共存一庙，同时以八百蛟龙为最大特色，自古有八百蛟龙护南岳的传说。

己亥深秋云帆诸子庐山锦绣谷记游

谷接云帆十二人，渐行渐险渐无尘。小径蜿蜒今共古，回环往复似年轮。前路忽觉峰渺渺，峻立千尺入云表。何处传来泠泠声，野瀑敲响清平调。临崖一呼我来也，谷亦传音风亦啸。转角巨石压云低，好运二字谁人题？树树红枫堪入眼，点点鸿雁与天齐。路转抬头霞欲燃，斜阳先上玉人肩。阶如琴键七千级，众人倚伫香汗湿。猪头峰过偶回眸，幽谷九叠乱云占。有峰怒如拳，有石利如剑，有树穿云觇，有响来深堑。四围岚气痕清浅，一泓石泉波潋滟。秋将匡庐暮色凝，倚亭小坐生百念。世间之路多如此，身处逆境不自知；人心蛊惑更如是，每在甜言蜜语时。云外长江帆万里，几为名利几为诗？却喜石松风骨在，千年不改挺拔身。吾侪且蘸东坡墨，字浸沧桑句句真。

◎ 吴长龄

月　出

棹影散微澜，荻鸥栖暮寒。
摇松掀野幕，蹦出小冰丸。

梅　雪

千般玉色许泥沙，始识浮生也有涯。
九阱三渊填未了，枝头一点共梅花。

◎ 武　斌

乘机遇气流颠簸口占

六秩人生万里程，一蓑风雨路难行。
而今我自云巅过，天道原来也不平。

◎ 奚晓琳

宿西安“诗经里”小镇逢己亥白露

露藉诗经白，梦从沣水深。
鹤声犹未远，君子亦堪寻。
月有栖庐意，风持鼓瑟心。
蒹葭灵沼岸，能不动歌吟。

秭归过屈原祠

叠檐碧瓦橘林中，拾级山秋近楚空。
宿鸟时悲孤影客，清魂独饮一江风。
堂前眉宇缘愁锁，天际云尘向日蒙。
渔父舟遥歌在耳，濯缨人去复谁同。

蝶恋花·题边兄摄蝶

绿影参差花影著。水岸山隈，曾是寻芳处。翅上烟尘侵几度。相摧可奈无情雨。

累此生涯缘也负。叶底梢头，息了风前舞。老入霜秋谁惜取。镜中徒惹闲人句。

◎ 夏义兵

大雪日寄夫

雾锁西窗寂，冬寒渐入深。
离人肩上担，不耐雪花沉。

闲吟步放翁《幽居初夏》韵

此心安处即为家，历过朝阳伴日斜。
未许灯前思梦蝶，何妨水畔听鸣蛙。
黉门四十匆匆事，学子三千烁烁花。
莫说老来无所好，半床诗卷一杯茶。

◎ 夏正明

碗

日日伴三餐，时欢时亦难。
人间甘苦史，全在碗中看。

儿时随父观狮舞

舞狮老幼乐陶然，打鼓敲锣声震天。
我比众人高一截，只缘坐在父亲肩。

春日马龙山吉星寺采风

春到吉星寺，采风诗友来。
山花随我赏，佛语费人猜。
忽听钟声响，顿惊思绪开。
欲穷千里景，须上最高台。

◎ 萧雨涵

西溪泛舟

夹岸蝉初老，平溪鸭骤惊。
梢公如不语，只有橹摇声。

又过法泉寺

晨风花径扫，钟磬引人来。
鹭影移萍藻，鸿泥印藓苔。
恒沙偏是劫，古木幸非材。
廊下耽听雨，山容久不开。

俞 氏 园

山头云动树欹斜，向晚驱车怯眼花。
乱棘稍妨村犬路，古梨深掩野人家。
冰糖玉盏祈天子，火筷泥炉探地瓜。
饮食于今趋简淡，寒鸦晖背送繁华。

◎小　妤

对月吟怀

又逢秋节至，深夜未曾眠。
但见一轮月，多情到牖边。
霜华何皎皎，旅思复年年。
如踏银辉去，须臾是蜀天。

◎ 谢炳铭

藏团扇

春深携手爱团栾，秋老而今欲别难。
我为护储非弃置，恐卿单薄不禁寒。

杯中月

嫦娥嗜酒更情深，惯向杯中自醉沉。
我便连卿都咽下，教卿细细照侬心。

秋郊远眺

四围山色净无尘，爽朗风光却胜春。
几朵白云闲似我，一林红叶醉如人。
霞天冉冉趋征雁，秋水清清隐钓纶。
行近夕阳无限好，归来犹趁月华新。

浉淮古渡

断堤衰柳尽荒凉，古渡人稀景物苍。
蓼岸尚侵新涨水，布帆谁挂旧斜阳。
潭无网罟知鱼乐，草自春秋听鹭藏。
空藉烟波清洁好，临流几见咏沧浪。

闻方伟兄、路平兄车在道中

春音袅袅报匆匆，故旧欣邀聚鄂东。
别梦五千三个夜，经年一十四番风。
将贪酒已离肠结，欲趁花仍万亩红。
入户清辉今夜应，相思授许白头翁。

悼母二十韵

死别不胜悲，根枝憎离离。欢颜曾几许，分手遽如斯。在昔般般事，教人细细思。殷勤循妇道，柔顺守箴规。雅识箪瓢乐，甘操藜藿炊。米盐终日虑，机杼四肢疲。剪棘添薪火，提筐采露葵。寝常听夜漏，兴未俟晨曦。欲树擎天柱，难寻立地锥。鞠躬虽尽瘁，积弊莫能医。枯木行将日，春风晚来时。一朝成永诀，万念竟长辞。举室嗟蓬断，穷途泣路歧。孤鸿唯自弔，老父渐形羸。落月伤慈母，清霜隔小儿。戚戚谁顾复，孑孑独支持。凡我伤心处，皆娘恸嘱词。愧无营奠俸，徒有悼亡诗。今世怀遗恨，他生愿再期。情天如可补，恪孝不差池。

◎星　汉

巴克图路上

难耐桃枝出短墙，欲拦行客说春光。
平畴一望三千里，自有高天雁翅量。

轮台路上

轮台路上绿阴浓，老树清泉饮万盅。
目送呼群回塞雁，翅翎犹鼓汉时风。

沙湖路上书所见

六月天山下，驱车破莽苍。
折腰垂弱柳，强项挺胡杨。
风落鸟声乱，云翻日影长。
瓜田无尽处，只许目光量。

水调歌头·夜宿青莲镇与李白语

说与李夫子，吟事且抛开。当年西域仙侣，遣我远方来。一抱天山明月，曾是君家故物，拂拭未沾埃。今夕归完璧，碧落早安排！

夜光杯，葡萄酒，醉形骸。心中几句真话，出口莫疑猜。卑琐明皇供奉，寡淡永王僚幕，岂不辱诗才？趁此秋风壮，携手赴轮台。

沁园春·辛丑春重返达坂城

放眼乾坤，漫步山川，回首汉唐。想旌旗西指，乌孙路远；管弦东去，赤子情长。营帐生烟，轮蹄迸火，于此都曾系马缰。登临处，问悠悠岁月，几度沧桑。

且随雁阵翱翔，把城外城中细打量。对蓝天白日，车飞高速；青杨红柳，人在仙乡。雪浪清心，冰峰爽目，铺绿良田扩四方。吾来也，用吟诗摄影，留住春光。

◎ 邢建建

出地铁口

跨出站台谁与同，余晖向北我朝东。
叶飘叶落天街里，车去车来夜色中。
寄上尘心伴孤月，不留俗气堕秋风。
灯光难与阳光比，却照门前一路红。

◎ 邢涛涛

桓仁赴集安道中

大日雄雄破晓云，曲江出壑动龙鳞。
长林野道蝉无数，快马轻裘客一人。

乡　间

爨烟田舍野云侵，秋稻芒端晓露沉。
车驻村头消倦困，降窗小睡白杨阴。

谒李白墓

我爱青莲大雅文，当涂携侣谒仙君。
一池水绿初醅酒，十咏亭闲老竹云。
许是高才知小谢，肯将清骨托孤坟。
出陵重返复三拜，催马回眸日已曛。

◎ 熊东遨

聚流潭

石泉根露惜涓涓，成此涵天小镜圆。
留得世间诸象在，不输江海作腾骞。

秋日象山南田岛小住同云帆众仙侣

拾得渔人旧志图，引竿撑入太元初。
盟鸥就菊轮番醉，不在云都即水都。

数行归雁出峰尖，素月如丸浪底潜。
小坐牛头观世界，人间天上两能兼。

星月为邻岛作舟，乘风夜逐谪仙游。
同行多少忘忧客，共说天凉好个秋。

新正游汨罗与故旧会饮于三江大石湾

会得东风意，和春下洞庭。
一川涛响白，四野草萌青。
叙事多翻古，推杯各忘形。
余年亦何幸，醉话有人听。

夏日西山小住

漫品清闲味，披襟立野亭。
梦留心上白，山补眼中青。
片石初成垒，团云已失形。
风蝉不知趣，作调与谁听。

秋日庐山竹缘居云帆别业小住

听雨秋窗下，天音味有余。
已无峰可仰，且喜道能居。
踏石过花径，留云坐草庐。
肉糜饥便食，得似晋人欤？

感秋二首

寒松与梅竹，未必并时生。
天道无私授，心弦有共鸣。
谜团烟万缕，残梦雨三更。
见说枫将火，观游待放晴。

湘粤亲缘并，无方减别愁。
放帘聊避月，非我不知秋。
露下珠泉响，萤飞豆火流。
乡音原始味，只合咏孤舟。

新西兰陶波湖写意

浴鸥重见古时清，万里心期野水盟。
云锦一团和气在，雪峰千仞冷芒生。
食人部落遗图谱，强国文明有典型。
沾得地球南半福，碧波深处濯吾缨。

九日灵山寺登高

菊丛翘首望崚嶒，老至无为饭尚能。
千里足从今日始，百年高在异乡登。
真思破壁来飞碟，载我乘风返结绳。
西崦一轮红欲坠，山门坐等火烧冰。

秋日沅陵借母溪游感

枫霜芦雪一川秋，敛尽风涛感至柔。
倚杖听蝉清及梦，临滩试钓友于鸥。
乡从白日歌中忆，影向青春界外留。
坐共山灵分石乳，此缘知得几生修。

人日洋湖湿地公园先游后饮与诸子约赋

不待雷神号令颁，积冰先已化潺湲。
数枝兰箭春临渚，一片梅云月护关。
浮白醉当今夕共，踏青初自异乡还。
身同野树逢缘活，未断心根在故山。

夏日山行即笔

老输筋力兴偏饶，一见青山便折腰。
禽语率真闻即醉，梦痕无序醒都消。
诗嗟去国三间屈，酒问归田五柳陶。
尤喜晚晴峰在水，临溪坐赏不须招。

登太白楼怀诗仙太白

前身位已列仙班，何用长安近圣颜。
天性只宜杯得宠，好诗多与月相关。
无边野色供孤啸，百味人生取一闲。
寄语寰中登眺客，此峰能仰不能攀。

秋经长白忆昔戍守于斯忽忽五十年矣

朱墨图成迹未磨，秋声秋色满林阿。
风提旧事翻红叶，人踏微霜下白河。
碎影频从心上现，流光疾似梦中过。
重来怕作同袍忆，忆到同袍泪雨沱。

英德田家小住

园田辟高处，因势成池台。烟村三两家，门户当山开。白云在怀抱，竹石相摩挨。我非避秦人，小住亦悠哉。行止无拘管，交游忘形骸。有时采溪毛，赤足凌尘埃。有时听林鸟，枕手卧莓苔。偶然过瓜田，纳履期人猜。田翁见我趣，憨笑如童孩。眉间上古风，仿佛生蓬莱。因缘得如此，万物皆朋侪。向晚扶醉归，独坐宣幽怀。明月不需约，虚窗还自来。

浣溪沙·癸卯第十三次还乡探母

尚有慈亲唤小名，何愁霜雪鬓边生。偷瓜爬树记曾经。

岭外归来空问候，膝前重复受叮咛。每回都是好心情。

最高楼·立夏后三日金岳山庄访旧

山阴道，百里访相知。误了饯春期。清觞小续兰亭会，序芳红到石榴枝。笑吾侪，经劫火，尚余诗。

深浅梦、概由心做主；尘俗事、不妨人听雨。烟阁下，坐多时。屏前点划原无忌，醉中言语或云痴。叹西园，莺歇早，露生迟。

沁园春·《删剩集》编成自叙

小住红尘，六十余年，赚个诗篮。喜清风无界，从天自沐；黄花可就，约客同酣。复古情怀，图新事业，书是春桑我是蚕。纷繁世，守一方净土，百味都谙。

漫言孤独何堪，算史上知音有二三。任吟边常拄，东坡竹杖；梦中偶挂，太白云帆。宜雨宜晴，不群不党，鱼在青霄月在潭。闲文字，或为人留得，些许回甘。

◎ 熊盛元

绝　句

掬来银汉水，注入紫砂壶。
片片春芽绿，诗肠未许枯。

记　梦

玄关渺何许，一径指遥峰。
偶坐涧边石，忽闻尘外踪。
褰裳风袅袅，顾影月溶溶。
物我浑难辨，烟霏更几重？

凤凰台上忆吹箫·壬寅腊八感怀

谁睹星明，自怜霜重，倚栏凝望幽林。怅远天鸿影，铩羽槐阴。休问茫茫劫海，经几度、月落珠沉？苔枝外，香藏淡蕊，蜡点黄金。

骎骎。岁华渐老，嗟醉后酣眠，恍隔高岑。料小楼人醒，知我愁深。闲理灯前诗草，空记取、当日春心。衰迟意，都传素笺，莫负青禽。

◎ 熊天锡

远　眺

山露灰三角，海沉红半圆。
故乡何处是，欲问往来船。

梦游天姥

久仰神仙境，挥鞭指剡中。
云霓藏古道，石径出瑶空。
林响谢公屐，山呼太白风。
登峰回首望，万里一飞鸿。

柳州中华园

水榭楼台远市尘，小园长贮柳州春。
修篁绰约风前舞，奇石琳琅雨后新。
茶座香生诗趣味，云根醉染酒精神。
消魂更有罗池月，影动龙翔幻亦真。

◎ 徐广仁

眼儿媚·续填《小芳》故事

山野芬芳一黄花，笑靥灿如霞。耕耘阡陌，传情手帕，红豆萌芽。

夜深怯忆当年月，遗梦小河沙。三杯老酒，两行清泪，一块伤疤。

◎ 徐艺宁

于山阴后见积雪

霁后峰林好，依稀似画屏。
江山留白处，何必费丹青。

长　城

城楼几修复，防线再三长。
孰料千年后，山花开上墙。

与友品茶

相逢异地雨丝寒，君问生涯易或难。
且把十年沧海色，一杯分与故人看。

登　高

新涨清溪雨后凉，风声起处响琳琅。
而今我是清闲客，来看万千山水忙。

◎ 徐中秋

菩萨蛮·下龙湾

休夸尝遍三江酒，纵然踏尽衡庐秀。未到下龙湾，莫论天下山。

千螺青倒映，海面明如镜。我是画中人，绫屏扇扇新。

赏花戏题

油菜初黄香染衣，日斜潇洒踏歌归。
老妻嗔我风流甚，身后身前彩蝶飞。

◎ 杨成东

小重山·游扬州二十四桥景区兼怀小杜

叠石嶙峋散积寒。鹅黄春染早，柳迷烟。画桥影落彩舟前。箫声里，最忆杜樊川。

诗酒共婵娟。十年真可意，别何难。梦回身已在长安。功名事，毕竟误儒冠。

水调歌头·游醉翁亭

早有结游意，今到趁无霜。琊琊漫衍烟霭，溪唱碧流长。脉脉娇红殢白，采采添来细绿，山色淡吴妆。浸润儒风久，草木带书香。

忆当年，此中宴，慨而慷。却看太守扶醉，奋笔谱华章。千古名亭犹在，更有冽泉谁酿，人世已沧桑。欲去闻啼鸟，调舌学疏狂。

◎ 杨德峰

观三垸村四旁植树

三垸四旁分植匀，一旁更胜一旁新。
玉兰金桂堪称友，蜜橘香樟可比邻。
大树昨天为小树，后人明日是前人。
风生水起清芬地，叶叶枝枝绘作春。

◎ 杨立新

雪

冰清玉洁不沾尘，袅袅婷婷处子身。
今日江南多喜事，家家迎娶雪夫人。

过漓江

一橹渔歌一橹春，天光云影了无尘。
漓江千载清如许，只洗青山不洗人。

枫 叶

身坠泥沙色尚鲜，殷勤拾取作书签。
红尘我亦飘零客，暂替秋风管一年。

超山梅花

浮世烟尘到此删，归来遗梦总相关。
何时手握梅花印，盖遍江南大小山。

◎杨 强

登苍山

盘盘十九峰，作势倚天雄。
云动众山活，峰峰欲化龙。
浮巅太古雪，挂壁岁寒松。
洱海忽生眼，洗余浩荡胸。

洱 海

倒空蓝不尽，雪舞万鸥旋。
浮屿矗孤寺，抱湖连百廛。
风涛自成曲，天地本无弦。
漂泊愧生理，何当老一椽。

丙申初夏还乡作

客舍大江头，我家楚西北。飚轮一箭归，天地入窗幅。老母殷勤问，敢叹风尘色？大妹买青韭，绳悬数尾鲫。小妹掌庖厨，伫立灶台侧。别来三五月，阿甥怯不识。俄顷复相亲，剧戏情何极。门外飐风荷，野凫恣游弋。傍池开小圃，嘉蔬护樊棘。雨余番茄红，数畦莴笋直。香盈闻母唤，团坐罗盘食。叵奈话桑麻，太息抚胸臆。少壮走南粤，翁妪营稼穑。膏瘠随地殊，水旱仰天力。罢箸望田园，平畴碧如织。因念父老艰，寸心翻凄恻。

挑　菜

我甥行我前，雀跃导先路。我母殿我后，携篮勤指顾。犬吠过邻闻，野彴横溪度。十步小陂陀，百步略回互。垂杨蘸水轻，临风入樊圃。蒜侣幂春烟，菠曹滴晓露。葱韭分泾渭，参差不知数。采摘动盈把，庄蝶恣来去。萦迂望屋舍，午庖供老父。嘉蔬傲鼎食，嗟哉万钱箸。登盘窥至味，坐接团圞趣。

糖画老人歌

西家女，逐蝶飞；东舍儿，擎龙归。无波赤鲤若空游，作势山君胡不威。猛将风髯欲抖擞，指挥翻在童蒙手。何人匠意赋群形，日暮墙阴坐髯叟。胸蟠物象随所须，观者四合盈路衢。炉存小火饧浆暖，细挹轻匀先著眼。手把长勺往复旋，袅若游丝何宛转。方迟更速腕生风，蓦觉霜蹄腾画板。一塑神骏欲长鸣，再塑春莺飞款款。小市灯昏客亦稀，闾巷数家闻吠犬。天寒白屋念老妻，一车杳杳独归晚。

◎ 杨勤群

宿南田岛风门口酒店

依山面海远离城，高枕宽床梦不成。
恐我他乡无意味，月窗一夜送涛声。

◎ **杨　文**

临江仙·春暮

天末云生远岫，楼前碧水东流。香泥归燕意悠悠。晚来收细雨，烟柳弄轻柔。

帘外数声啼鸩，阑干倚遍凝眸。并刀难剪万丝愁。芳丛谁与醉？唯有一沙鸥。

醉花阴·庚子思乡

绿杨日暮风袅袅，花落无人扫。回望故乡遥，万叠云山，水阔烟波渺。

月轮皎皎穿林杪，不觉春光老。清梦绕溪桥，寥落星河，莺语纱窗晓。

◎ 杨逸明

题腾龙洞

世上人无数，锱铢计较多。
不如山有量，吞吐一江波。

初春雨夜

乍暖还寒夜气清，恰宜无寐散烦缨。
小楼停泊烟云里，零距离听春雨声。

秋　叶

相伴秋风舞步轻，夕阳涂抹更含情。
细听飘落金黄叶，都有微微叹息声。

小园偶记

浇水施肥仔细栽，盆中不见有花开。
偏偏我未关心处，长出青青小草来。

黄河游览区书感

山头巨石塑炎黄，到此儿孙首共昂。
花已遍开中土外，根仍深扎大河旁。
五千年史何其短，十亿人心为底忙。
我觉涛声响胸廓，高坡一泻即诗行。

与诗友游姑苏上方山石湖景区

山色湖光最可亲，上方塔映水粼粼。
小船波面留平仄，老屋门中换主宾。
一寸心消诸块垒，三千年剩几诗人。
田园蛱蝶蜻蜓在，曾与先贤作两邻。

注：范成大《夏日田园杂兴》：“日长篱落无人过，惟有蜻蜓蛱蝶飞。”

访二陆草堂

趁晴秋上小昆山，山上高风尽日闲。
西晋云于亭阁卧，东吴草向石阶攀。
堂前二陆星双座，窗外诸峰士一班。
灭了雄才文赋在，王侯刀剑未能删。

金缕曲·怀念李白

白也顽童耳。久离家，听猿两岸，放舟千里。爱到庐山看瀑布，惊叫银河落地。常戏耍，抽刀断水。不向日边争宠幸，却贪玩，捉月沉江底。一任性，竟如此。

人间难得天真美，且由他，机灵乖巧，尽成权贵。一句举头望明月，九域遍生诗意。身可老，心留稚气。我欲与君长做伴，唤汪伦，组合三人醉。同啸傲，踏歌起。

◎ 杨勇民

鹧鸪天·诗友有句曰：我与我周旋。不以然，吟此

浮世周旋帽恋头，风潭水境半勾留。琢磨八月之间雨，消费中年以后愁。

藏黑马，控泥牛。人前故说十分秋。谁名弃疾多雄泪，不上郁孤台不流。

◎ 杨子怡

百丈漈行

神州多美景，瓯越最称杰。人云百丈漈，人间第一绝。我与骚人数子来，千里游山性顽劣。抚膺处峰顶，俯瞰心胆裂。谢屐去前齿，云梯延地穴。峰险凋朱颜，百步径九折。才闻深林鹧鸪鸣，又闻杜鹃正啼血。隔篁熊咆听龙吟，溪穿庐隐嫠妇噎。叱石涧边看蛇行，争长乔木似藤薜。才闻幽琴，乍起列缺。百丈断崖，白瀑直跌。一似猿鸣三声催愁雨，又似窦娥六月飞霜雪。或云玉帝庆功设欢宴，孙猴一怒摔杯酒大泄。一漈龙吐涎，仰看落九天。二漈关公髯，三叠沫飞前。三漈落深潭，澹澹水生烟。魂悸虽魄动，景美足留连。云封归去路，鸟语供参禅。烂柯人在否，愿与枕潭眠。践与松乔弈，一局过千年。噫吁嚱！百丈漈，来真值。此中路虽仄，可以远帝力。此中有真趣，何必心恻恻。百丈漈，远王权。此中虽僻远，可以濯清泉。奇险何必惧，清风不用钱。厌倦人间升平调，结庐临水抚无弦。

◎ 叶传光

寺中饮茶

明暗天光半入林，高低溪影隔云深。
禅房何事消清坐，雨洗青山茶洗心。

湖洲春望

绕岸杨花散晓晴，萋萋绿野望空明。
山披云影分天色，风带花香度鸟声。
醉石曾安陶令睡，飞流犹挂谪仙名。
眼前景物无今古，柳自青青水自平。

◎ 叶显子

二十二岁生日自寿

天末新寒感泬寥，春心桂魄两难招。
书怀空隐丰城剑，入世难吹缑岭箫。
南斗照人初寂寂，北冥击水已遥遥。
跃渊浮海今无准，坐对奔流万里潮。

◎尤　悠

浣溪沙·与聊儿清风因诗词相识十余年未曾相见今日思之两阙

其　一

老去青衫句未穷。生涯江北复江东。如君人物不曾逢。

风雨销沈天地里，春山孑立梦魂中。偶然惆怅或相同。

其　二

次第清歌况味同。看曾碧水坐芙蓉。偶来仍值梦魂中。

契阔人间吾与子，等闲长夜雨兼风。愁如草色淡还浓。

◎ 尤云霞

村 居

旭日布晨泽，鸟鸣椿树颠。
苍山披积雪，农舍罩祥烟。
芽待春风绿，猧随归主旋。
闲行村野上，难得此悠然。

◎ 于隐墨

春游武夷山

千叠林峦递远空，四围晴霭汲春容。
新来虚旷初三日，独步孤高十二峰。
野瀑流烟苔愈老，紫莺眠柳草争浓。
一烹尘色人休问，身外浮云更几重？

鼓浪屿小住

独屿苍凉山接翠，引风摇棹漫寻居。
半村半市花围径，时雨时烟草近庐。
旧履相看多了了，老冠尝解亦如如。
待飞荻雪君来早，聊赠新肥一尾鱼。

◎ 玉 屑

有 怀

鬓边犹剩几多青，顾影无言坐晚亭。
灯火楼台天不夜，越繁华处越伶仃。

文脉深处仁丰里

云消天宇净无涯，隔腊看春景色加。
日向明窗临旧帖，风培活火炙新茶。
先儒遗泽照心目，古寺疏钟纪岁华。
百感情怀何处托，幽芬相引到梅花。

癸卯岁杪寄晚晴

循环气序转沉沦，石火光中老此身。
曾藉萤灯耽静夜，更凭樱雪记初春。
杯间顾影惊多事，物外知心有几人。
且与西山相对坐，晚晴江上看垂纶。

高阳台·登望湖楼

碧渚栖烟，青芜缀玉，初阳半卧云林。曲岸风来，丝丝弱柳摇金。小园迟日花开满，折一枝、系与衣襟。此年年、水色山光，总费清吟。

凭栏四望烟波阔，愧双眸向老，负却登临。画舸兰桡，应是往古来今。浮图影里钟声缓，有倦怀、蓦地相侵。恁销凝，白鸟翻飞，点破湖心。

◎ **袁　丹**

戚继光造船遗址

此地遥连望阙台，将军登处后人来。
孤怀云抱何愁解，利刃尘封不必哀。
浪遏船头涛试舰，威传岛外海知才。
扬眉我也峰前看，霜叶流丹沃血开。

◎ 曾艳梅

木 棉 花

迟迟生绿叶，直干入云端。
为报春消息，先擎火一团。

西湖春早

风柔雨润柳条青，曲岸行吟句未成。
偏是啼莺闲不住，向人时唱两三声。

过惠州海湾大桥

信是天龙化作桥，将身横卧接遥迢。
晓昏湾岛星河灿，一例车潮压浪潮。

游大理宿梦蝶山庄

窗前竹影接遥冈，满眼湖波织月光。
花下偶然成一梦，不知为蝶或为庄。

登合江楼忆坡公

两江奔汇玉楼雄，与世相违念此公。
魂梦虽安终是客，谪途犹远已成翁。
当时惆怅浮云白，此际徘徊落照红。
烟水一帆回望处，有鸥飞过曲栏东。

谒惠州东坡祠

东江默默日沉沉，白鹤峰前花木深。
吊古人来黄鸟啭，通幽径曲碧苔侵。
湖山宦迹唯随遇，诗酒生涯不负心。
莫道圣贤皆寂寞，千秋过后有知音。

浣溪沙·春节游凤凰古城

吊脚楼头望眼赊，沱江春色几重遮。有桃花处有人家。

青石街头新邂逅，红灯笼下旧繁华。半轮明月一壶茶。

水调歌头·偕外子泛舟西湖

湖光开玉镜，双桨趁斜阳。小舟摇入丰渚，风拂柳丝长。翠盖团团如伞，伞下并禽同宿，消受晚天凉。记得初逢日，明月照人双。

经旧景，忆前事，觅春芳。功名竹帛，孤却多少好时光。幸共万重烟水，同戴一天星月，相守亦相将。晴雨何须问，岁月莫匆忙。

◎ 张德志

谒斛律光墓

横槊绥边逐战尘，深谙兵略冠群伦。
四朝上宰圭璋士，一代元戎柱石臣。
孤冢空寥随草没，残碑圮剥任苔堙。
而今谁复怀明月，唯有松风漫抚巡。

七七感怀

笃爱芦沟晓月萦，石狮五百列桥横。
烽烟已作炊烟袅，唯有枪痕抚不平。

◎ 张　栋

槐　情

野麦平畴一望遥，晓风吹起翠波高。
春光也有粗疏处，绿到槐林雪未消。

◎ 张凤军

菩萨蛮·与战友夜饮

与君对酒临天晓，不堪心事随人老。铁马戍边州，此生思未休。

乌山千里雪，应挂营盘月。再忆已头斑，青春三十年。

◎ 张海燕

小重山

白露才过柳尚青。如眉怜小月、未分明。漫从叶底听秋声。天与地，一片燕和莺。

休说败和成。无须清照意、稼轩情。长安只看丽人行。更休说、兴废苦苍生。

◎张 瀚

冬日杂吟

点佥三十七年非，发落经衰未展眉。
历事自欣成佛晚，积劳人讶补同迟。
肯随权势量姜被，宁与刚方酌谢池。
颍水故朋招饮否，寄声果熟鳜肥时。

癸卯新春试笔

眼底韶华又一过，胎光未醒鬓先皤。
荒鸡喘噎已如此，老马蹉跎将奈何。
忧道敢辞三黜路，患贫宁畏四愁歌。
冬风忽起兰台北，细看梅枝花发多。

登老虎山

陌上金台何处在，回溪仍抱百花生。
横陂风自幡旗涌，古道云曾草树萦。
余照蝶移扶锡杖，远峰牛下起边笙。
登临焉用多忧叹，君看青山偃仰明。

登花果山用冰宫主韵

转壑穿溪为一登，曳裾冬草证仍能。
出岩野马惊翻雪，绕塔寒鸦聚折冰。
有相问禅非俗籁，无心关我动觚棱。
凭栏更望远峰去，烟火参差积几层。

◎ 张明新

深　宵

深宵读罢意何如，庭月茫茫照玉除。
到老名山无只字，可怜长枕别人书。

圆明园

一炬繁华成废丘，残桥拱恨绿烟愁。
园中两者烧不死，野草心和石骨头。

◎ 张明义

朝天门码头观夜景

高楼层叠耸云天，俯瞰江边灯未眠。
舟舸归来添画境，桅杆上挂月牙船。

◎ 张青云

游金湖县万亩荷花荡

翠盖田田逗水禽，闹红一舸入陂深。
拂胸莲萼凉侵肺，尽涤平生逐热心。

雨中登长沙杜甫江阁临眺

疾雨如飞镞，风涛势亦遒。
楚帆归极浦，湘水落潭州。
杜老飘零恨，贾生迁谪忧。
古今同一慨，洒泪向江楼。

辛丑除夜守岁感赋

忽闻鸣爆沸诸天，又换桃符一粲然。
五剧车声催旧岁，万家灯火迫新年。
驹光已若离弦矢，世路还如上水船。
幽绪无穷供永夜，炉红酎碧各呈妍。

松江小昆山谒二陆草堂

重岩积翠草堂开，荒棘层茅费剪裁。
兰桂尚馨游钓地，松萝犹翳读书台。
在山辄已称佳士，入洛还惊起异才。
怀土赋成归未得，庭前雒诵有余哀。

南京狮子山阅江楼登眺感作

崇椒骋望费跻攀，势接卢龙拥髻鬟。
百舸争趋扬子水，一楼平睨秣陵山。
星辰拱岳蟠钟阜，江汉朝宗逼下关。
刍狗英雄逐潮逝，王风上国几时还？

◎ 张文胜

奉题景蜀慧先生所摄薄暮海云图次韵醒堂

聊试一桴溟涨东，扣舷休说道将穷。
云排海上无涯黑，目极天心彻底红。

早发秣陵机场口号

妻子岂中顾，辞亲万里征。
仍希天不病，休怨世无情。
那得蜘蛛隐，况兹鹈鴂鸣。
寒梅正飘落，簌簌满江城。

腊月廿七日午寝方兴见彤云晻暖雪意垂垂

清吉可堪呼趾离。春心总未上杨丝。
恍将恋阙怀乡意，写入停云饮酒诗。
银线光浮晚鸦影，冰壶色任夏虫疑。
征人今夜归多少，都在霏霏雨雪时。

注：西谚：Every cloud has a silver lining.

书潘伯鹰先生玄隐庐诗后次其过梅村桥吊乔大壮诗韵

先生诗中隐，蔼然长眉碧。以诗一腾骧，真气不可抑。客中无尊酒，展卷慰今夕。声华动京国，年少缁尘迹。旦暮入网罗，鬼瞰毛羽洁。冤湔耳革后，益珍千金璧。当意斯世少，将视千秋仄。皖山受书处，乡国多兰泽。头白未归来，冥冥有忧迫。我今蠡测海，羞言闻道百。奇句待沾溉，芳馥酌膏液。奇字已飞动，万丈龙光射。

注：先生早岁从吾桐吴北江先生习经史文辞，初以小说而得大名。曾被诬入狱，得章行严营救以免。先生博综艺事，诗文书画，无不精诣。眼空一世，尝题其书斋曰：不读五千卷书者，不得入此室。

百字令·榜舟夜游富春江用厉樊榭月夜过七里滩韵

桐江寒夜，羽人招、来觅羊裘高躅。分影犀灯催画舸，消领数声霜竹。万髻青螺，千痕苍玉，瑶想鸥边续。钓竿谁把，白云岩上初宿。

却说晞发清狂，冰壶心胆，悲慨成幽独。歌哭荒亭能裂石，故国当时云屋。吹世天风，阅川海月，未改烟汀绿。枕流酣睡，明朝都忘陵谷。

满江红·畏庵约次稼轩此调即歌一解寄呈诸友

似火肝肠，动霜夜，照人颜色。认阑外，古梅奇崛，许谁攀摘。狂慧讵无奔兕象，痗心叵耐逃风月。只一星，看到欲明时，头如雪。

来春事，从何说。歌白纻，怜红药。恐将腓百卉，先鸣鹈鴂。举世腾腾醒也醉，此身栩栩周耶蝶。想天寒，倚竹有深愁，眉痕别。

浪淘沙令二阕

其　一

樱雪奈飘零。柳又青青。愁风愁雨到清明。草色新侵千万垄，楚些谁听。

鹎鵊一声声。梦也堪惊。起来长是厌红灯。莫上城头寻月色，露重参横。

其　二

风雨葬香尘。却怨罗裙。碧阑干上泪痕新。万点寒鸦烟霭外，几处荒邨。

鹍鸩叫芳春。休向江渍。天涯犹有未招魂。永日楼台人正舞，山色黄昏。

◎ 张友福

黄昏寄慨

且将孤影立黄昏，不惧风痕杂雨痕。
岭被窗含频换景，室因灯照渐升温。
寒斋自养三分气，警界曾经九死魂。
净土渴求高洁韵，淡然情性作长存。

◎ 张　彧

挂职五载沉潜有感

数载砻磨孰与同？推窗常眺绿园东。
街衢络绎滩前水，林樾参差物外鸿。
骥困盐车思解纻，鹤鸣间巷望开笼。
隔帘一夜风兼雨，几处新霜染镜中。

◎ 张志坚

重游朱家角

古镇重来雨未停，门墙斑驳石桥青。
藤花不让江南老，爬上虚檐补画屏。

夜　步

时逢知己即良辰，风满罗裙月满身。
他年今夜君须记，一岸花和两个人。

◎ 赵化先

访 友

水柳含烟两岸分，鸡鸣红日隔墙闻。
楼门未锁知何处，人在春山耕野云。

◎ 赵明秀

思　乡

月透西窗照寂寥，家园北望路迢迢。
门前积雪深三尺，客里孤灯一梦遥。

一剪梅·梨花

静女仙姝卓不群。留恋凡尘，踏入凡尘。东风拂过满园春，舒似行云，舞似行云。

不近浊污色更纯。吟也销魂，梦也销魂。结交未久又离分，愁里思君，醉里思君。

◎ 赵秀敏

谒平江杜甫墓

高树碧苍苍，门前芳草长。
青砖铭史话，古墓隐斜阳。
患难哀工部，流离追盛唐。
遗风今未竭，松柏默然香。

◎ 郑国明

焦尾琴

焦尾孤琴莫自哀，得缘爨下识良材。
可怜不遇伯喈日，多少梧桐已化灰。

老屋

二十三年客梦长，故园回望尽沧桑。
归眸切切环乡圃，青藓斑斑现矮墙。
堂上依稀慈父影，庭前仍旧杏花香。
时光一去无寻处，布谷声中几断肠。

◎ 郑虹霓

鹧鸪天·乙未年春雪

乡梦回时客路迢，南窗一夜听萧骚。柳摇金线春方醒，梅倚琼枝雪又飘。

淮岸冷，楚天遥。人生禁得几寒潮？多情渭水随云上，装点川原慰寂寥！

◎郑 力

橘子洲尾

人世无销家国痛，江神庙冷竹枝凉。
晚来独伫橘洲北，极看湘流浩荡长。

庚子年近中秋有感

苍山一带倚愁低，岁复萧寥何所期。
蛩向霜前争暮晚，人于疫后感流离。
欃星掠世孤怀黯，月影披阶秋气弥。
万念空余文字障，父衰子幼总情羁。

◎ 郑雪峰

建康赏心亭

大江去似水龙寒，一角孤亭落照残。
多少往来天下士，新愁拍上旧栏杆。

杨家祠庙前遇一老翁，自云杨业三十八代孙

堠废时平老务农，榆阴应客略从容。
喑呜猛将遗真种，认取粗眉两道浓。

◎ 钟燕林

定风波·写给初恋爱人

最忆当年到你家，园中开满粉桃花。美若琼台仙子降，心漾，至今犹记小丫丫。

人沐暖风熏日里，欣喜，爱情由此璨光华。屈指算来浮眼底，关闭，无边思绪费矜嗟。

◎钟 宥

自 遣

何妨归去做闲人，懒向风前拂庾尘。
交友无须高大上，居家自有小清新。
曾追俗利身心累，今醉诗香笔墨亲。
莫道浮生难主宰，吟怀放浪任天真。

夏夜独坐

年来长叹岁如刀，脸刻深纹霜染毛。
漫道闲身无一事，谁知今日苦三高。
浮生已惯世情薄，垂老何妨诗兴豪。
午夜难眠乏人诉，窗前蛙鼓正滔滔。

浣溪沙·儿时夏夜

入夜山村几处明。暑炎渐退晚风轻。乡邻围坐话闲情。

蒲扇摇凉梢上月，童谣唱醉柳边萤。陶然不觉到深更。

◎ 周　达

再过洞庭

风光无限洞庭春，得此一湖清世尘。
八百里潮听似昔，五千年史忆犹新。
怀沙谁复吟哀郢，虚席何须话过秦。
眶里云烟依旧是，徒将忧乐付诗人。

闲　居

林烟漫绕赋闲身，高捧山居半出尘。
歧路廿年分手泪，宦游一个折腰人。
老归犹忆江湖月，花落知怜草木春。
所幸岭南风物好，白云深处养天真。

黑河怀古

落日冰河吊鬼雄，双城灰劫至今红。
当年啸咏书千策，此夜唏嘘酒一盅。
皮与虎谋休逞技，盟由牲定莫言功。
相怜只有龙江水，卷雨挟沙流向东。

◎ 周红平

念奴娇·归乡

雁遥野旷，更残荷疏柳，水天无极。萧瑟苇连堤岸远，难记少时游屐。鸭闹寒溪，舟横荒渡，草谢湖仍碧。停行休问，故居几许相识？

倦旅岭外归来，涕零老父，慨今当何夕。冷雨凄风冬又至，年逝如斯遑急。胸内千岚，樽中万绪，可叹庾郎笔。此怀谁寄，明还云路孤迹。

◎ 周坚桥

初 夏

子规啼得雨霏霏，绿气氤氲草正肥。
蔓已高时嫌树矮，果初成处叹花稀。
既知人事有春夏，休向荣枯说是非。
忽觉家山万般好，儿童节里许能归。

◎ 周锦飞

草

夜雨无私贶，欣欣此亦苗。
入帘青在眼，远道碧连霄。
岂意王风委，翻教野火燎。
春来怀一梦，莫唱复陂谣。

癸卯佛诞日六友重聚，暌违时近一年矣

云卷云舒本阒然，飞鸿踪迹自翩翩。
我闻月照三千里，佛说花开五百年。
冀北音书空对酒，吴中烟水又生莲。
同舟仙侣风流在，更渡斜塘一段缘。

题王震铎先生《松溪渔隐图》

静守云开对夕峦，影生画壁渐阑干。
分流溪水终宵响，满谷松风透室寒。
洗耳无非谋一得，采芝不过换三餐。
老翁未解藏踪绪，归去犹持钓月竿。

◎ 周路平

题秋山流云图

远近望秋山，秋深深几许？
秋涵五彩中，更在云流处。

题荷花图

外环菡萏宫，中设连心府。
宫中色有形，府内清且苦。

◎周　秦

偶题旧照

戴笠披蓑雨欲倾，担秧莳稻我曾经。
老来渐与农桑远，鹍鸠声声枕上听。

大暑前二日拙政园雅集赏荷有作

小立香洲梅雨过，才开亭下两三朵。凌波顾盼舞纤腰，湖上芳菲自袅娜。潋滟晴光染落霞，云边一笛秋无那。抱琴犹恐故人来，半掩柴扉夜不锁。浪迹天涯旧梦残，归耕郊野鬻蔬果。庭前石径渐生苔，郭外青山愁欲亸。诗里茶花无恙乎，几回辽左望江左。梅村去后坐同谁，剩有清风明月我。

◎ 周树之

江边看渔船即题

摇落星辰梦未安，常将碧水载辛酸。
分明滴滴船家泪，却被时人当画看。

◎ 周燕婷

题同事小新所摄“烟水云帆”图

风鹏云际举，烟柳镜中嵌。
天地何须大，飞驰任一帆。

冬日过南万红锥林生态公园

非雨非晴日，宜诗宜画天。
峰高云似盖，水浅石如莲。
傍得千寻木，修来几世缘。
长林回望久，绿影自成圆。

靖港小汉口

蓬蒿深处卧孤舟，一树红枫又报秋。
试向斜阳低处看，清沩无语汇湘流。

过都峤山玻璃桥步东坡赠邵道士韵

百丈悬桥置一身，依稀便与鹊仙邻。
云光到眼添佳气，泉水穿崖见本真。
差喜未留遗憾事，等闲都是过来人。
东坡去后江山寂，潮落潮生有夙因。

浣溪沙·辛丑初夏

莫把愁丝比柳丝。柳丝唯解舞江堤。江堤尽处记分携。

十载云鸿来复去，一庭桂影瘦还肥。榴花梅子正相宜。

生查子·七溪地漫步

谁拂七弦琴，响出空山里。一霎洞云收，一霎珠泉起。

有客雨中归，有客松边倚。向晚好风来，回首天如洗。

清平乐·春日过湖光岩

日移光影，湖畔人声静。簇簇杜鹃红入镜，石隙游鳞初定。

岩门莫扣前愁，千年梦不谁留。回首丛林深处，春烟自绕层楼。

鹧鸪天·秋日惠西湖泛舟

向晚郊墟敛薄烟，高低树色见苍然。脱枝红被风呼起，逐眼光随绿转圆。

山磊落，水缠绵，响林谁拂竹溪弦。往来鸥鹭如相识，欲话前情却忘言。

水调歌头·己亥冬夜游绣江汉荣兄命填此调相约以姓氏为韵

十里画图古，一桨入深幽。好风吹动高兴，助我溯江游。橘柚香生佳气，唤起鱼龙浪底，看汝赶潮流。珠露漫摇落，凉味似清秋。

穿桥洞，经台阁，过钟楼。雪泥鸿迹，赢得千载一回眸。镜面蓝光紫电，云幕琉璃变幻，灯影自沉浮。问我心何属，孔子曰从周。

注：绣江两岸有真武阁、经略台、钟鼓楼等古迹。

八声甘州·春日衢州醉根山房小住

渐余寒散落采桑天，根宫醉新阳。沐春风十里，红消绿涨，野径铺芳。自笑羡鱼情在，垂柳钓荷塘。何处营巢燕，软语商量。

欲挽扁舟一叶，趁源头水活，直下钱江。问故人消息，多是负韶光。便悠然，临流步月，借诗帆，挂梦入陶唐。烟莎岸，有芝兰影，和露生香。

◎ 朱宪华

老人斑

母亲示我老人斑，言笑风生若等闲。
点点分明儿女债，债多债少不求还。

◎ 庄业松

春雨

梳红泼黛又挼蓝，梦里知春漾一潭。
霡霂皆成机杼手，如丝似缕织江南。

◎ 卓玉郎

闺　怨

既已抛侬去，何须入梦来。
眉心一把锁，从此倩谁开。

◎ 左启顺

浙东春夜听雨

驿舍孤灯动客愁，云低夜冷怯登楼。
宁江水共阶前雨，都在离人心上流。

木瓜洞即兴

手扶竹杖揽崔嵬，屐齿磨平石上苔。
古洞无防云久锁，野僧不请月常来。
仍留道士生前迹，且饮陶公去后醅。
吴楚苍茫都到眼，万般秋色莽中开。

◎ 左学厚

重建故居感怀

萌动修房上日程，皆因故土水山清。
每回归去流连久，不厌村头犬吠声。

写在秋分日

许是苍天也较真，今朝昼夜两头匀。
解人秋雨持刀剪，裁去高温寒暑均。

后记 AFTERWORD

《云帆当代诗词年鉴五年选》的付梓，是云帆团队在诗词事业推进中的又一里程碑，是传统诗词对于当代人文精神的生动注脚，料亦堪称诗坛盛事。

五年选所选200余位当代诗人在2019—2023年期间发表于云帆诗友会平台的作品多达500余首/阕。从所选作品基数大、质量优两个维度来看，基本上能够反应当代诗词的生存状态和总体水平。此点方伟先生于《综述》中阐说已明，无需再述。

受曹初阳与方伟二诗家之托，本人有幸参与了本集的选编工作，在选编的过程中，诚然有山阴道上应接不暇的经历，亦有溯洄从之道阻且长的感觉，复有上下求索道不由径的体受。鉴于生命感动与审美取向在微观认知上的差异，文本总是不能统一受众的情感，共情遂难以充分产生；而客观存在与主观因素在宏观审视上的龃龉，又使得文本于主客体之间梯度的反向有存在之可能，共理亦难以明显形成。在共情与共理于主客体之间都不能双向建构的情况下，个体“有自”与全体“勿我”的相互违和，便会在立足点与视域上迥然生异。这就使得作品的取舍每每以见仁见智为据而示人以主观性状态，而客观性状态的呈现，不唯仰赖于作者的学养与品格，更其发轫于选者的智慧和精神。然而使人均能通洽于此，又何其难哉！

人或知为诗之难，却不知选诗之难，而为诗之难之于选诗之难，或亦鲜有解人。因此，入选者或固不可以谓其优，未入选者或固不可以言其劣，这就是上面所说的“梯度的反向”。这些问题，或许只能留给时间去印证与检验了。

诗词本当以文学来界定，自可以艺术来鉴赏。吾人认为于文学于艺术，诗词必具有两种功能：一是教化，一是审美。诗的教化功能，读过《春秋》《论语》者，恐怕无人不知，至于孔子的“兴观群怨”论，更是影响深远，而《诗大序》的阐述又尤为明确。诗的审美功能，或曰肇端于孔子的“思无邪”说，至于刘勰在《文心雕龙·明诗》中又多涉论说，司空图《二十四诗品》亦每有拙见。统观本集所选的诗词作品，所幸于这两种功能皆堪佐证。这既是作者所以有才美外见的地方，也是选者所以能心情内慰之所在。

吾人尝谓诗从平仄中来，一如道路由曲折中去。去来的反复间，人们在匆忙的过程里或许会失于感受，但平仄中见韵律，格致以诗美；曲折中有律动，观照于生命，却是真实的。使诗道之平仄合于生命之平仄，而见出诗的生命力；使生命之平仄合于诗道之平仄，便期会人生的诗化。诚愿以此与作者、读者诸君并勉！

蒋世鸿

甲辰惊蛰前夕